朱月娥 著

相濡以沫

江苏凤凰文艺出版社
JIANGSU PHOENIX LITERATURE AND
ART PUBLISHING

图书在版编目（CIP）数据

相濡以沫 / 朱月娥著． -- 南京：江苏凤凰文艺出版社，2024.3
ISBN 978-7-5594-8571-7

Ⅰ．①相… Ⅱ．①朱… Ⅲ．①散文集—中国—当代 Ⅳ．①I267

中国国家版本馆 CIP 数据核字 (2024) 第 067839 号

相濡以沫

朱月娥　著

责任编辑	文芹芹
装帧设计	南京融蓝文化发展有限公司
责任印制	杨　丹
出版发行	江苏凤凰文艺出版社
	南京市中央路 165 号，邮编：210009
网　　址	http://www.jswenyi.com
印　　刷	南京捷迅印务有限公司
开　　本	880 毫米 × 1230 毫米　1/32
印　　张	8.25
字　　数	140 千字
版　　次	2024 年 3 月第 1 版
印　　次	2024 年 3 月第 1 次印刷
书　　号	ISBN 978-7-5594-8571-7
定　　价	68.00 元

江苏凤凰文艺版图书凡印刷、装订错误，可向出版社调换，联系电话 025-83280257

序 言

范小青

朱月娥的最新散文集《相濡以沫》，收入了她近年来创作的几十篇散文随笔作品，虽然写的大多是平常的生活、日常的见闻，但读来却没有重复感，因为作者每一次的心动，每一次的下笔，都是对生活、对人生既相似又不同的理解。思想境界的不断变化以及对世界认识的不断提升，主导着她的写作，所以一一读来，几乎每一篇都能让人耳目一新、感同身受。

一是写作者内心细腻，善于捕捉身边的、平常生活中的细微之处，发现和挖掘出它们的诗意。即便写的是常见的梅兰竹菊，也会写得十分动情、与众不同，读起来让人有欢喜，有心的跃动。日常生活中的诗意渗透其中，展现出来：读书、化妆、饮食、看电影，等等。生活中天天发生的各种平常小事，在她笔下，有了新鲜的姿态，有了生动的细节，活了起来，浸入人心，有滋有味。文中讲述的是平凡的、平常的生活，是平凡的、平常的人生，却在这平凡和平常的背后，蕴藏着无限的丰富，引人遐想。

二是文字沉静、从容，内容却饱满而又充满激情。这些文章，能够带着你起起伏伏，不是大风大浪、惊涛骇浪，却一定会是一次难忘的经历。它有一种空灵、飘逸的腔调，却又是落地的，接地气的，有着浓浓的生活的烟火味。

三是写作的用情用心，尤其是对故乡的拳拳赤子心，跃然纸上，铺满字里行间，这一部分是写得最多，也是写得最感人的。用情深、专，文字就有了一定的感染力，让读者有代入感。"遇一人白首，择一城终老。"对于家乡淮安，作者永远有一种难以言说的亲近和安全，她又将这种"难以言说"通过文字表达了出来，家乡得天独厚的自然馈赠和作者文字的灵性相知相融，能够让读者深深代入其中。于是，朱月娥挚爱的家乡，也就成为我们大家共同的家乡了。这就是文学的力量。

目录 CONTENTS

怒放的生命

栀子花开　3

怒放的生命　10

万年青　14

梅　19

兰　24

竹　31

荷　37

茶　41

水　46

桥　49

一瓢之饮　53

试妆 58

我在终点等你 62

生命的关卡 68

相濡以沫

相濡以沫 75

七夕 78

脊梁 84

山花慰故人 89

运河北上 94

外婆 101

室友 105

闺密 108

伞 111

保质期 114

致即将中考的你 119

残缺之美 123

破茧成蝶 128

乡下烙饼 139

五线之间 142

此心安处是吾乡

母亲河　147

也说淮扬菜　154

花街记　160

梦回柳树湾　168

向海而生　173

又见太湖　178

水写的金湖　183

在木垒　188

穿越时空的生命之旅　193

金湖之北　198

风花雪月看大理　202

酒　206

渡口　210

汉赋之师枚乘　213

紫微郎　231

此心安处是吾乡　245

后记　253

怒放
的
生命

栀子花开

春夏时节，万物生长，争先开放的花儿让你目不暇接。忙碌的生活、匆忙的脚步似乎让你没有时间驻足细看。也就在这样的季节，南京街头总会出现这样一群卖花姑娘，她们会在你等红灯的时间里，出现在你的车旁，向你兜售栀子花。每次遇见，我都会随手买上几朵。

一根U字形的细铁丝把花串成一组，花儿含苞待放，有人叫它们白兰花，也有人叫它们栀子花。爱美的女生会买来别在自己的纽扣上，它会散发出阵阵清香。我喜欢它的味道，那是一种甜甜的幸福的味道。

栀子花又名栀子、黄栀子，为龙胆目茜草科栀子属的常绿灌木，喜欢温暖湿润和阳光充足的环境。栀子花枝叶繁茂，叶色四季常绿，花芳香素雅，为重要的庭院观赏植物。栀子花不仅是花，还是药。除观赏外，其花、果实、叶和根都可入药，有泻火除烦、清热利尿、凉血解毒之功效。栀子花的叶色冬夏常青，碧绿的叶子油光发亮，雪白色的花朵玉洁无瑕，散发出浓烈的芳香，馨郁诱人，即使花黄凋萎仍然香气四溢。栀子花深得人们喜爱，诗人杜甫就写过"栀子比众木，人间诚未多"的赞语。栀子花还是某个城市的市花。用栀子花做城市的市花，在花开的时节满城应该都是甜蜜的味道，住在这个城市的人，幸福感一定很强。

白兰花、栀子花和茉莉花，号称"香花三绝"，梅雨季节，清新的香味不仅能冲淡家中潮湿的异味，也能舒缓人们"发霉"的心情。栀子花、茉莉花、白兰花飘香的时候，走亲访友时，别一束花在纽扣上，是母亲记忆中的"标配"。

爱花如品茶，品茶是品茶叶泡出来的韵味，而爱花之人却更爱花所表达的寓意。那栀子花的花语及象征意义是什么？一生的守候是栀子花最庄严的誓言。夏天，栀子花开得是那么洁白无瑕，满树花朵，一眼望去，真是美不胜收。

过去，栀子花是每家每户的标配，因为它开得很合时宜。每年农民"双抢"（割完麦子紧接着插秧）期间，时间很宝贵，俗话说"秧苗在手丫里生根"，说的就是栽种的时间需要抢，抢收、抢种。这段时间的农民最辛苦，这边忙完麦田收割不得闲暇，那边机械和耕牛翻田土，用于灌溉水田的水就放进田里，施肥、耘土、拔秧苗、插秧……忙得顾不上吃饭，哪里还有时间梳头、洗澡，所以身上就会有汗臭味，衣服也会有异味，别说别人，就连自己也感觉难闻。讲究的大姑娘、小媳妇、中老年婆婆们就会别两朵香透了的栀子花在发间、衣服上、扣子上，改善改善气味，愉悦一下劳累的心情。

栀子花开在"双抢"的时候，是上天的馈赠，我算是明白了百姓为什么对它那么喜爱。再到后来，农业机械化程度越来越高，几乎不用人工手动割麦子、插秧，栀子花的作用就降低了，栽种的人家也就逐渐少了。但还有年纪大的老人对它钟爱有加，翻盖了新屋，或者去了农村新小区，也常在花坛、绿化带里种下一两棵栀子花。想辨别某户人家是否有老人，就看他家门前有没有栀子花，这几乎很准。

洁白的、芳香馥郁的栀子花上傍的叶子,四季常绿,历经风霜而不凋谢。寒风凛冽时,极小的花苞就已经长成,母亲常说"梅花香自苦寒来",栀子花也是很苦的花,大冬天的要保证花朵不被冻僵,还得随着气温升高一点点长大,多么不容易。做母亲的女子,就像栀子花树,无论什么环境、什么条件,都要把儿女照顾好、抚养大。人间的道理和自然界的事物何其相似。

每年在炎热的季节开花,看似不经意地绽放,却经历了三个季度的守候。栀子花开在江淮地区的梅雨季节,细雨、毛毛雨下个不停,这恰好是秧苗喜欢的好日子,栽进土里,"伏"个几天就能茁壮生长。"早看媳妇晚看秧"说的就是早晨插进去的秧苗,黄昏的时候就已经成活。舒展开来的秧叶嫩悠悠、绿生生,站在田边看着,看到生机一片。

栀子花从不跟玫瑰和月季争色,素白和无求恰是它的本质。栀子花的坚守、秉持自己的花季和跟人类的和睦相处相互成全,岂不是大自然里的和谐长情?大多数人爱栀子花,却说不出它的好,只知道它的香、它的甜(美)。"双抢"结束后,栀子花的花期也开始收尾,屋后的、向北的栀子花树上仍有团团雪白的花儿开着。轻轻地摘下一两朵，学着妈妈们别在衣服扣子上，或者用细别针穿起来别在衣服上，那香味直冲脑际，香透了灵魂。

奶奶在的时候，喜欢将栀子花别在蚊帐里，或放在枕头边，使得整个房间都清香扑鼻。草席上放着的洁白花儿，直到泛黄干瘪掉，仍然香气延绵。每年都盼着栀子花开，也都希望栀子花能一直开，不要凋谢。日子总是来了又去，生物的轮回，像受了谁的安排，不紧不慢，不紊不乱。

栀子花一生的守候，是最美的寄托，也是爱情的寄予。它那超凡脱俗的外表之下，是美丽坚韧的生命本质。栀子花代表着惊喜、坚强、永恒的爱，也被人们视为吉祥如意、祥瑞安康的象征，寓意高雅纯洁的友谊，是馈赠亲朋好友的花卉之一。那时候的老人走亲访友，会在篮子里用干净的小手帕包一些栀子花，带给老姐妹们"香一下"。接受馈赠者会欣喜地接过手帕，捏起一朵放在鼻子底下闻一闻，深深地嗅上一嗅，整个人都陶醉了。

栀子花在江苏省的城市乡村广泛种植，江苏人也都喜爱它。我甚至觉得栀子花可以选作江苏的"省花"，它圣洁的白色配上翡翠绿色，高雅，有气质，不落俗套。

如今的我，虽早已脱离农村的劳作，繁重的"双抢"

也已成了记忆和代名词，但对栀子花的眷恋仍然坚定而执着。每当花开时节，都会想办法回乡村摘一些带回家，或有谁下乡时托他带几朵回城给我，放在车里、客厅里、书房里、卧室里、卫生间里。那段时间书页是香的，喝茶的杯子是香的，就连心也是香的。

  栀子花开的时候，开车来往南京，在几个热闹的岔路口，常能见到卖花的人。记忆中卖花的都是姑娘、小媳妇，那一次却遇到了卖花先生。我有点诧异，但还是买了几朵随手放在车上，香味顿时弥漫开来，手握的方向盘都成了栀子花香型的。那几天我的脑海里总是出现那个手拿铝制钵子、憨厚而有点羞涩的男人，他在车子等红灯的间歇向过往的司机兜售，黝黑的脸庞像是常年被日晒雨淋，听口音不像是本地人。他怎么会选择卖花？他的花从哪里来的？是为他的家人在卖？那些天，那么多的问号在我的脑海里闪现。到达目的地后几天没有动过车子，再开时发现花瓣和花蕊已经变成了咖啡色的干花，没了水分的栀子花像是一尊雕塑，更像是经历一场生命洗礼后的另一种重生。虽然没有了最初的样子，但它依然保持着最美的状态和生命本来的香气。

  劳动创造了美，我想他拿着花在兜售一定让人不解，他的家人让他卖花他肯定是一百个不愿意，但是他把最美的花给了他人和家人，虽然有些难为情，但是他的心灵一定和花儿一样的美。

多年以后，我仍不时地跟人说起那张面孔，虽然只是简单的一瞥，但那个卖花男人留给我的却是自强不息的精神。每当我的生活和工作上有了困难，我就会想起那张面孔，那汗水和难以描摹的眼神，殷切的、期待的、温和的、坚强的，然后我就会鼓起勇气，重拾信心。

直到最近，我才想明白，不是那张面孔给了我信念，感染了我，而是我钟爱的栀子花们委托男子给我转述生活的本意和应该面对的精神本质。栀子花们担心我受累、害怕，担心我放弃、受委屈，所以才让一男子向我卖花，以此来敲击我的认知和思考，教会我重新看待生活的本质，让我坚强不屈，给了我再难再苦也要努力的动力。栀子花让我学会了感悟，学会了思考，学会了除生活以外的认识，我爱栀子花，栀子花却更爱我。

怒放的生命

临近春节，忙里偷闲地把家里收拾了一番，原本的绿植已经把家里装饰得恰到好处，可是友人打来电话说要送我两盆花时，我却没有丝毫想要拒绝的念头，欣然接受。为了一睹山河园艺馆的花花草草，我决定亲自去选。徘徊在花花绿绿、姹紫嫣红的花草世界，驻足流连，对每一盆花草都是那么爱不释手。在最后的选择中，确定了一盆含苞待放的牡丹和一盆盛开的蝴蝶兰。牡丹盆栽偏大，好不容易在专业人员的帮助下搬上车，一路上小心翼翼运到家。

伴着春天般的室温，牡丹小小的花苞站立在花柄上，直冲向天空，毛茸茸的花托包裹着水晶般的圆球，像玉石雕刻般的模样，发出别样的质感与光辉，让人心生怜爱与期盼。到家没几天满是花骨朵的牡丹就一朵朵争先怒放，大有"唯有牡丹真国色，花开时节动京城"般的气势。此时的牡丹叶子已然呈蓬勃之势，那碧绿的叶片宽大厚实，十分坦然地四处伸展，不但迅速占据了枝杈，还像事先计划好的一样，团结一心，手牵着手，肩并着肩，密密麻麻地连在了一起。在翡翠般的叶片的烘托下，粉红色的牡丹花薄若蝉翼，却不失金玉所特有的温润与雅洁，透着稳重与贵气，好像瑶池中翩翩起舞的仙女，带着空灵与梦幻。牡丹花色泽艳丽，玉笑珠香，素有"花中之王"的美誉，一下子给家里增添了许多富丽堂皇之感。那一盆盛开的蝴蝶兰此时逊色了许多。牡丹那种不需人仰视而由内向外自然散发的华美与高贵，是任何其他的花都无法比拟和仿效的。

　　盛开的牡丹花晶莹剔透，气宇轩昂，时时显露出大方与平易。有的就绽放在碧叶的上面，呈现和谐与自然，胸襟坦荡而带着尊严，就像帝王般，享受着群臣的拥戴与厚爱。有的则掩映在叶子与花株之间，隐现不加修饰的美貌容颜，就像古代宫廷中的皇后，虽有着统领六宫的威严，却不显不露、不骄不争，默默地辅佐在帝王的身边。打开阳台的窗户，清风徐来，整片的牡丹散发出香风涟漪，这香气清净纯美、和柔雅适，似乎饱受高山泉水的精心培护，却恰到好处地萦绕在人的鼻翕之间，熏染着人的脾肺，润泽着人的笑脸。

自古以来，牡丹受到了从寻常百姓到将相帝王的一致爱戴。盘桓于牡丹花间，仿佛得见玄宗皇帝与贵妃醉意地观赏于花前。想那丰腴肥美的玉环面对着娇艳的牡丹不知该做何慨叹，是妒忌牡丹一年盛似一年，还是希望自己的花容月貌也像这牡丹一般能耐受住光阴的更延？然而，历史的尘埃早已落定，终将旧事掩埋，空留牡丹在人世间年年岁岁把美名传。

流连花前，忍不住多拍了几张，却不舍得分享到朋友圈。谁知才不久那朵朵怒放的粉色牡丹花瓣突然就有点发蔫，随之花瓣一瓣瓣凋谢，连待放的花骨朵也变得如此。难道是冷了？热了？还是干了？找了许多原因，发现都不是，突然想起自己在家艾灸养生，那几天家里艾雾缭绕，如此娇贵的花哪能接受如此厚爱？

一个春节，目睹了一次牡丹的花开花落，相信所有的人都会为之感动，娇艳鲜嫩的盛期牡丹忽然整朵整朵地坠落，铺散一地绚丽的花瓣。那花瓣落地时依然鲜艳夺目，如同一只奉上祭坛的大鸟脱落的羽毛，低吟着壮烈的悲歌离去。都说牡丹没有花谢花败之时，要么烁于枝头，要么归于泥土，它跨越委顿和衰老，由青春而死亡，由美丽而消遁。它虽美却不吝惜生命，即使告别也要留给人最后一次惊心动魄的体味。

于是在无言的遗憾中感悟到，富贵与高贵只是一字之差。同人一样，花儿也是有灵性、有品位之高低的。品位这东西为气为魂为筋骨为神韵，只可意会。你叹服牡丹的卓尔不群之姿，方知品位是多么容易被世人忽略或漠视。

在遗憾中，期待来年花开。

万年青

爱花花草草估计是每一位女子的天性。我从小到大一直喜欢买一些花花草草，大的、小的，盛开的、含苞的，总之只要是花花草草都喜欢，可是因为不会打理，好多名贵的花养着养着就死掉了，导致家里剩下了好多形形色色的花盆。放着碍事，丢了可惜。因此我总会在每一年的春节或者重大的活动中提着花盆去买花，这样买花还能将空花盆充分利用。

又要搬新家。家人说，搬家得买点花花草草，特别提到要买一盆万年青。提起万年青，突然想到家里的那盆万年青。

盛夏的早晨，穿着睡衣、拖着拖鞋在院子里晃悠，才发现被扔在墙角的这盆万年青由于我的不屑，已经找不到当初的模样，原本青枝绿叶，现在已经变成了大把的枯黄。原来粗壮的枝条因为长期的营养不良现在已经瘦得可怜。如果不是因为搬新家，真的要忘了它的存在。

天门冬科的万年青，别名"千年草""冬不凋"，四季常绿，终年不生虫，对土壤和肥料要求不高，而且春天就能开出绿色的花簇，夏天成果，冬天小圆球般的果子鲜艳透红。由于万年青省心、好养，又永不凋谢，被誉为"文昌草"，其寓意明显，就是要督促读书人积极奋进，不辞辛苦，耐得住寂寞，经得住寒窗磨砺。

仔细一想，它到家里已经有12年之久，记得那是2003年第一次搬到属于自己的新家时，买了好多的花花草草，一是为了吸附甲醛，二是给新家增添生机活力。可是没过多久，大多数花花草草成了空盆。多年来，由于我对房子的喜新厌旧，房子换了一个又一个，家也搬了一次又一次，各种知名的不知名的花草更是换了一批又一批。

每一次搬家，当初买的那盆万年青，像处久了的亲人，随着我从一个地方搬到另一个地方。每次搬家都会带上它，不是因为它有多美丽，而是因为每次搬家的需要。所以，每一次它出场，都好像是有一次盛况会演。开幕式总有它的出现，真正的主角登场了，它就主动退出了舞台。

记忆中，这盆万年青好像也开过一两次花，貌不惊人，不显山，不露水。12年来，4000多个日日夜夜，因为早就忘了它的存在，我竟然都没有认真地给它浇过水，也没给它换过一次土，更谈不上施肥了，但它还在顽强地活着。可能是我照顾得不周到，或者没有蜜蜂授粉，始终没见它结出什么果实。这么坚强一定是喜欢跟着我从这里搬到那里，从这处搬到那处。它知道我忙自己的事，或者忙家人和朋友的事，没时间照顾它，忽略了它。

但它对它不负责任的女主人从无怨言，不离不弃，让我好生感动。因为它的不离不弃，因为4000多个日子的陪伴，它已经悄悄地占据了我心底重要的位置。前两天我在网络引擎上搜索过怎么施肥、怎么浇水，怎么让它活得更健康、更长久，也算是真正地关注了它。

万年青在淮安乃至江苏一带古今的造房、迁居、婚庆等喜事中常用作礼仪的装饰物，有着吉祥如意、万古长青的寓意。它不仅有着不畏严寒、四季常青、坚贞顽强的特点，还具有独特的空气净化能力，可以去除尼古丁、甲醛，是空气中污染物的克星。种植密度越高，越能发挥其净化能力，其根茎及叶可入药。看着这么多的好处，我决定好好伺候它，换换土，浇浇水，施施肥。几天下来，它又恢复了生机活力。可一阵子的热络，未必能保证给它长久的照顾，我不能保证我将来会一如既往地待它。

想想家里那些曾经有名的花草养养就不在了，搬家前，我突然改变了主意，决定把它留在这个院子里。这里不仅有阳光雨露，还有枣、杏、桃、石榴、葡萄以及桂花和艾草等。有那么多的草木陪伴，至少它不会孤单。即使没人打理，它一样可以活着。于是，我找来铁锹寻一合适处，挖了个舒适的小洞，把它从禁锢了12年的旧盆中挖出，去除黄叶，小心地放了进去，培上土，浇透水，压实了些，默默地挥手，并嘱咐它旁边的花花草草，希望能善待这位长期被冷落、被忽视的新朋友。

从那以后，我经常去看望它，给它带去水和养料。看它长出新叶、分蘖出新枝，真庆幸我的选择。初夏的一天，我忽然发现它竟然有两三枝长出了花剑，淡绿色的，蠢蠢的，傻傻的。我惊异着欢呼，为它喝彩，突然之间，泪水涌出。12年的奔波、等待，耽误了它开花结果的大计。作为生命形式，它却只能选择沉默和忍受，没法跟我交流，向我提要求。我还自以为是地带着它在新家和旧家之间迁徙。说到底，是我耽误了它的好日子。

如今，它已经长成好大的一丛，儿女子嗣绕着主根生长，蓬勃旺盛得令人羡慕。因了它的遭遇，从此以后，我几乎很少买花，而且那种需要长期种植在盆中的花我也不再购买。对于鲜活的生命，我希望能少造些业障，让它们活得自在。

盆栽花能在短期内给人们带来视觉享受和心理感受，但害苦了花儿草儿们。它们每天提心吊胆地过日子，还不能自由地享受阳光、水分和空气。人类的自私造成了太多的浪费和延宕。我们人为地为盆栽物加了那么多的圈圈框框，而这也许本不该属于它们的生活。我的那盆家人似的万年青，不带它走是希望它能像它的名字一样，万古长青。

梅

由于梅花的花期紧接在漫长的严冬之后，因此深受很多人喜爱。若与三两翠竹比邻，则虬枝劲节间梅花争先，更显春意盎然。文人爱梅，爱它的品格，爱它的不屈，爱它的耐得住寂寞，爱它的独自领先。

还沉浸在春节的喜庆氛围中，友人来电说南京梅花山的梅花已是万株盛开，邀我前去赏梅。南京的梅花山位于明孝陵景区，是钟山风景区内的明珠，更是我国著名的赏梅胜地。这里涌起过佛经梵唱，留下过北宋名臣王安石的足迹和叹息。那首被收入教科书的《咏梅》，就是写他在南京所见的梅花，写花也写人。这里躺着东吴帝王孙权，也长眠着明太祖朱元璋。用梅花陪伴古往圣贤，是再合适不过了。早就听说梅花山的梅花是南京一景，我虽无数次赴宁，却无暇探盛访梅。

南京的梅花山，历尽沧桑，但在我眼中，她却显得年轻依然。还没走进景区，就被游人的喜悦和满山的热情感染。那云霞如约好了似的仙人，飘浮在山上，仙袂飘逸。放眼梅花山，早已是群芳吐艳。我们沿着林间小道漫步，在这人间仙境，看着、闻着、抚摸着这一朵朵、一片片，白的、粉的、微绿的梅花。开得早点的，已落英缤纷，微风吹来，花瓣像彩色的雪，飘飘洒洒，遍地流彩。这般盛景，连尘埃都会放慢脚步，或转投他处。

我感觉我的呼吸已经停止，心跳也一去万里，沉静得只听到我和友人爬山的呼吸。满眼满心都被梅花占据，忘了我自己。我从哪儿来，人生的意义和价值在哪里，都不重要了，重要的是，我能和众生面对、相拥，能于去年秋天看过那么多俊美的叶子，还能在春天见到这么美的景致，这该是人生最大的欢喜。

梅花盛开，就像给世人发出了聚会的邀请。很惊奇这漫山遍野不会说话的精灵，却能听懂人类的心思，掐得准人们的心意。盛花期每天超过十万的游客量，让花山沸腾，也会惊扰曾经的圣贤们。他们为民族、为国家做出过不朽的贡献，如今都化作了烟尘，但他们的精神永在。只要谁深爱过、真爱过、大爱过这纷繁的人世间，肩挑过、身背过、拥抱过人间的苦难，他就会受到人民的拥戴和缅怀。爱人民的人，人民自然会爱他。

步行赏梅，感觉手机内存不够用，想拍下体现细节的花一朵又一朵，想摄下宏阔场景的视频一条又一条。可相机拍不出花香，更拍不出精神。将最好的年华展示给万千游人的梅花们，在刚过去不久的冬夜里，忍受了怎样的严寒和凛冽，飞雪中、霜冻里，她们又是如何做到了不被冻伤，仍旧枝条柔软，孕育花苞？在梅花和万物面前，人算是灵长，也不可谓不强大，但事物总有人力所不达的长处。

梅花山的梅花品种繁多，宫粉梅、江梅、绿萼梅、朱砂梅，仪态万千，目不暇接。梅，原本是一种木本野生植物。她没有牡丹的华贵，也没有玫瑰的浪漫。然而她却有一身铮铮傲骨，她是花中唯一经历严冬而勇敢开放于四九的冰封和初春还寒季节的佼佼者。

数不清的咏者将梅花写进诗词，或歌或哭，以体现自己的人生况味。对人类来说，除了物尽其用、物尽其才，万物还是最好的陪伴，也是最好的启示。梅花简直就是一位哲人，她给人的启示是："不经一番寒彻骨，哪来梅花扑鼻香。"来看梅花一次，就像给我自己的人生之根培上新土，用困难和麻烦作为养料，覆盖住寒冷，抵挡住生活中的风雨。眼前一个又一个欢乐行走的人，哪个不是带着尘世的叹息和心事？又有哪个不是一株株行走的"梅花"？

是呀，大自然的考验并非没有在梅花身上留下痕迹。那弯曲的枝干以"病梅"著称，明清两代尤其是清代士子文人以病梅自拟，将梅花捂在胸口温暖自己，和她同病相怜。好的写作，体现在共情。将万物当成自己，将自己融入万物。作为一名作家，应始终保持心灵的湿润和敏感，即便一叶落下，也能听到秋的铿锵，一花绽放，花开的声音都能发出震动耳膜般的轰鸣。

游赏的人们的笑颜留在了梅花山，这一朵朵以肉身形式盛开在凡尘俗世里的花，岂不就是那梅花想看的风景？哦，天哪，原来我们来看花，花却是为了看我们。这漫山遍野聪明的、机灵的、巧思的梅花，是不是在漫漫长夜里，你们冻得受不了，就会想到当明年春天到来的时候，你们的笑脸展开的时候，就能看到平日里难得一见的面孔贴着面孔、脸庞挨着脸庞的浩荡？你们的努力，帮你们实现了愿望，你们收获了前来的脚步声和仰面赞美的目光。

　　你们也将完成一年的使命，将欢乐、奋斗、毅力、意志和对美好事物的向往播撒进人的心灵。漫山遍野的梅花们，在给人类的精神"授粉"。遥看欢送的人群，你们心满意足地立在原地，和小草们微笑，跟白云们道个好，细数起昨夜落下的露珠跌进了眼前的泥土，又有多少微小的种子，被沁润得生根发芽。

　　看梅花看得醉得一塌糊涂，我心甘情愿地接受梅花的"授粉"。在我的心中，人如梅花，梅花如人。人的一生，何不似梅花，要想给世界留下些许色彩，就要扎根脊土，历经艰难，蹚过曲折，如梅树般老劲苍虬，伤痕累累，这样才能赢得一瓣心香。

　　梅花山的春引人入胜，胜在这万顷梅花的深沉意味，否则，岂不处处青山、千篇一律了。梅花山还有一个名曰"聚苑"的去处。这里简直是一个梅花的博览园。她们被园艺家悉心培育在花盆里，成了一盆盆珍贵的梅花盆景。

　　相比一棵棵被精心造型的梅花盆景，我更爱梅花山的梅花。

兰

梅兰竹菊，兰在四君子中排老二，是四君子中高贵典雅的那一位，也是我极喜欢的。兰，长长的茎叶，像旧时女子衣裳上那长长的衣袖，灵动而柔美……

记得几年前，和闺密君一起去南京闲游，在夫子庙，有一位卖兰花的是她的亲戚。那日相遇，这位亲戚送了我两盆兰花，时至今日，花已枯，但她与我说过的一句话，却令我至今记忆犹新。她说："换了别人来，我一定请她吃饭。而你，我更想送你兰花。"那时的兰花市场价格不菲，也更对我心。

两盆兰花，初养时很好，后来不知是冬天天冷，还是我爱花心切浇水太多，只见那一根根修长的茎叶渐渐枯萎，最后就只剩下一个光秃秃的盆。于我，遗憾的是只知自己曾短暂地养了两盆兰花，却不知我的兰花姓甚名谁。更心疼的是，我是否辜负了君那位亲戚一片好意，还是我与这两盆兰花本便无缘？

搬了新家不久，好友虹又送来了一盆兰花，这次我没忘了问虹这盆兰花的名字，虹说叫"蕙兰"，来的时候，实在长得不咋样，茎叶枯黄，让我从心里产生一种"以貌取花"的感觉，甚至都担心它活不了多久。然而，随着天气一天天转暖，它却能一天一个样地生长着，不仅茎叶变绿了，还长出了不少新茎叶。

一日，无意中打开网络引擎，搜索了一下兰花的习性，却一下子跳出那么多关于兰花的名称，有莲瓣兰、春兰、墨兰、寒兰等。兰花的品种很多，产地不同，习性也不同，开的花、叶也各不相同。蕙兰，是单子叶植物，为多年生草本。叶自茎部簇生，线状披兰的叶终年常绿，多而不乱，仰俯自如，姿态端秀，别具神韵。

在我国，兰花种植栽培的历史已有1000多年，兰花素而不艳，亭亭玉立，备受国人喜爱，且自古以来，大家对兰花便有看叶胜看花之说。不与桃李争妍，不因霜雪变色，其叶铁线长青，其花幽香清远，发乎自然。优雅超脱，不媚世俗，是对兰花最高的褒扬。

兰花之美，美在姿态和神韵上。它没有树的挺拔，没有藤的茁壮，不用成林而独秀，亦无须攀缘而丛生。它原本只是山野中一种寻常植株，但山崖薄土，锻就了它那清心寡欲的本性；山谷清风，远播着它的淡然清香。就是因为它秉承了所有奇卉之灵性，所以才从山野而登堂入室。

春节前夕，玛格家具又派人送来了一盆盛开的蝴蝶兰，与客厅的蕙兰相映成趣。那飘逸翠叶所衬托的清雅兰花，悬诸石壁而悠然自得，陈于庭堂而不卑不亢，给人带来无限遐想。清雅温馨，香味甘厚纯正，平添"坐久不知香在室，推窗时有蝶飞来"的情趣。

兰花种植在我国历史悠久，读书人酷爱兰花，是因为爱它的品格，爱它的沉静，爱它的不争。兰花总是不声不响，默默地生长，且长得缓慢，基本看不出来"窜高"或"徒长"。兰花不喜欢热闹，这跟读书人的本性相近。读书，就应该深入进去，沉浸其中，慢慢揣摩书的要义、文章的重点、修辞的绝妙。一年沉默到头的兰花，陪在窗前、案上，随人的气息日复一日，渐渐地，能影响人的气质、谈吐。俗话说"气质美如兰"，说的就是这个。

爱绘画的人们喜欢兰花，这已经是共识。扬州八怪之一郑板桥就是写兰高手。兰花的三两叶片在纸上直冲云汉，"怒气写兰"，说的就是要有冲天志气，一笔呵成，中间不要犹豫，看好了纸上的位置和角度就要下笔，其中有书法的转折和笔意。"交凤眼、破凤眼"是对真实兰花的摹写，是拟态的写实，蕴动的兰叶在宣纸上栩栩如生。再就是淡墨花瓣、重墨花心，三朵两朵揖让顾盼。

爱花的绘画者想要画好兰花，一定要观察兰花。郑板桥画兰花，在扬州寓所里养了百多盆各式各样的兰花，每日用来观赏、观察。兰花的神态、叶子的绰约，都在画者和诗人的眼中、心底。画兰花的画卖得特别好，使得兰花以这种形式走进千家万户。

画在画上的兰花，不再像我养的兰花那样冬天会被冻死，平时会因为浇水太勤而干枯。兰花，究竟有没有蜜蜂和蝴蝶给它的花儿授粉？这是个未解之谜。我几乎没有见过长在山谷和溪水边的兰花，它长在没人能到的地方，喜欢湿润的气候，静静地生长。到底有没有蜜蜂或者蝴蝶，以及其他什么虫子为它授粉，我没有去考证过。

兰花不依靠种子繁殖，它的香气也吸引不了虫子。它只友爱万物，照顾自己。兰花的心气儿是那么的与世不争,狂风暴雨来袭,它是淡淡的;阳光明媚照幽谷,它是欣喜的。

我想,兰花终究是喜欢大自然的,它不习惯长在寻常人家家里。尤其是大花兰、国兰等品种,正好赶在春节前后开放,花农们用尽各种手段和方法让它们繁花满眼,直到耗尽了植株的精气神。花开过后,就只剩被掏空的灵魂,叶子委顿,茎秆空疏,眼见得不能起死回生,飘荡荡被各家各户连花盆扔进了垃圾堆。

每每看到这样的场景,我的心底里就会升起悲凉。那一盆盆兰花,就像耗尽青春和热情去深爱和挚爱的男男女女,人们只爱它们的颜色,谁愿意丑陋的、枯死的、残喘的残花败叶留在眼前,破坏心情,也败坏风水?每年春节过后的农历二月,就是"飞入寻常百姓家"的兰花们的告别之日。

百姓爱兰花,和读书人、画家们爱兰花有所不同,我们更爱开着一串串鲜艳的大型花朵的兰花。以上提到的几种就是福建、广东一带的兰花种植户们从年初就开始布局,要瞅准春节这个来钱的当口,提前用肥料、生长素,控制水分和光照等手段,让原本并不适合闹哄哄开花的品种也能华盖似的绽放。这样的兰花产品投放市场,顾客们是开心了，兰花们却累坏了，提前攒足了所有的心气儿，随着花期的结束而全部耗尽。这种花是没有下一年花期的，连生命都是没有希望的。

可像我这样看不透、闹不懂的买家们还天真地以为买回去一盆，下一次就不用买了，开完花施肥、浇水、剪枯叶，精心对待，它腊月里就会同样用一盆花儿回馈我。多少养花人的心思就这样被消耗殆尽？多少期待变成绝望？兰花不是烟花，不适合跃上天空炸响后，光明陨灭。

人生也是这样，遇到什么人，做什么事，都应该循序渐进，慢慢来。按照事物发展的节奏和规律，经营着希望和期待。经济、文化、环境、信仰……无不如此。可多少人能看透到这般？买花要最艳的，做事要做最大的、最好的，做人要做最完美的，孩子的学习成绩要最拔尖，就连课外兴趣呈现也要最亮眼、最优秀。殊不知，春风不来，百花不开。真希望世间万物能遵照时令，在合适的时间做该做的事。真希望以后不会在春节花市上看到被摧残过的怒放的兰花，哪怕开放的时间赶不上春节，遵照了事物的生长规律，也是功德一件。

如今，淮安周边也有不少兰花基地，经过气温和土质的本地化，从南方来的兰花更加适合本地的"水土"，可以长久地生活和繁衍下去。比如淮安的蝴蝶兰基地就非常有名，而且产品种类众多。我，学会了从花圃里选购兰花，遇见我喜爱的品种，它开不开花、什么时候开花，都不重要。要的就是它给我的启迪和陪伴、引导和思考。万物都是我们的老师，从太阳那儿学会奉献，从星光那儿学会恒久，从尘埃那儿学会不气馁，从大树那儿学会坚强……从兰花那儿，学会做一个兰一样的女子，不抢不争，沉稳有爱！

竹

夜半，浅浅竹语，沁入我整个梦里，淅淅雨声，把竹叶的簌簌声，衬得很动听。离开家乡这么多年，这种老家的声音，常常在梦中出现。我的家乡是革命老区，我从小就沉浸在那战役的遗憾和悲壮的故事中长大，所以比别的村庄的孩子多了点坚强、坚韧、坚定。有很大程度像竹子，竹根、竹竿、竹节、竹叶，都隐含着这样的品德。

竹子，在我的老家是寻常百姓家的良伴，大人孩子都喜欢它们。新盖的房子，办入住礼，讲究的人家，都要种下几棵竹子，意寓"节节高"。屋前屋后、水沟边、田埂旁，好像有了竹子的身影，连整个村庄的茅舍都变得斯文和有气质起来。清晨的烟氲、旭日之影、露水蒸气都浮动在那片竹林当中。每一片竹叶在阳光下翻动、跳荡，将金色的光影投射在竹林里，晨雾如丝如缕，缓慢地流动，像思又像诗。

从小到大，我一直都喜欢竹。因为在记忆中，当万物凋零，呈现出一片苍郁暗黄的时候，它始终是苍翠依旧，没有跟随着季节的变迁而随波逐流。春天的竹笋如毛笔般从地里拱出，一支支直指苍穹，蘸着白云做的墨，在蓝天里作画。春日里，那笋儿一旦见到了雨，就想要从地里一跃而起，和路过的人热情相拥。老师和父母常用竹笋长势之快，告诫娃娃们要努力读书，要紧抓时间，不能蹉跎岁月，若错过春季，就会像长不大的竹笋干。春天的嫩笋，是给庄稼户们的馈赠，在没有冰箱的年代，能吃上几回时鲜，这个季节就没白过，这一年都没虚度。吃过后的回味，每每跟亲戚朋友谈起，似乎那脆嫩还在留齿间。因了竹笋的时令，若竹子长得多的人家，竹笋丰收了，就会计划着给谁家送点，一是为了尝鲜，二是为了还人情，三是为了搭上点关系。没办法，农家的小日子，都是算着过，十足的"计划经济"。农村有句话"算计不到一辈子穷"，相信每一位善良、勤劳、节俭的母亲或媳妇儿，都是被现实逼出来的，谁有钱还不愿意大方点？

夏日的竹林清凉如玉，不用走进，只在烈日下遥看一层层青葱、墨绿，似有云雾笼罩、水汽蒸腾，眼底立刻就会凉下来，还会将清澈的凉意向心底里传递。当秋风瑟瑟，打落了落叶乔木们的最后一片落叶的时候，竹子们却似乎得上了劲儿，不怕冷，也不愿跟凛冽的北风妥协似的，越发青松翠绿，而且鲜萃可爱。连那个绝对的主宰——北风都要泄了气，它的威力在竹林这里，几乎没有存在的价值。竹子们才不管谁是大小王、南风北风怎么吹，它们依旧不屈不挠，展现年轻的风姿；当皑皑白雪覆盖了整个丛林的时候，它们依旧傲立在风雪里，与风雪亲昵地共舞。白雪堆积在竹梢顶端，一团团，一蓬蓬，有的压弯了竹梢，有的囤积在顶端。白雪衬得竹叶像打了胜仗的英雄，雄赳赳、气昂昂。调皮的竹子趁雪堆们不注意，风一起，就摇头摆身，只见得雪花扑簌簌落下，竹林里传来顽皮的笑声，雪却一脸懊恼，摔碎在林间杂叶上，再也骄傲不起。被暴雪压弯的竹子们，请行人给它拽住竹梢往下压弯，再迅速放手，那竹子身上的雪花猝不及防，刹那间就被摔落在周围的地面上。如此炮制，一根根竹子直起了腰杆。这是我和弟弟妹妹还有村庄里的小伙伴们在雪后最爱的玩乐。

竹常与梅、兰、菊并列，被称为四君子，而长大后的我对竹情有独钟。竹者，清雅淡泊，谦谦君子，但在革命老区长大的我们，更钦佩竹的铮铮铁骨。没有树木那样的实心躯干，却能在短短的时间内靠自己的竹节，一节一节地攀上顶端。

住在城市里，每当有下雪的天气预报，我就会担心花草树木和竹子们又要忍受苦寒，希望雪下得恰到好处就行。也许，竹子们并不这么想，它们反而期盼一场风雪降临，守着原地不动、不走，终归要接受天地给的冷暖寒暑。也许，竹子们正在等待一场雪落的欢歌，尽管它们有时被狂风肆虐，被暴雨侵蚀，被皑皑大雪沉沉地压迫，但每一节都是那么的笔直，宁可折断，也不弯曲！那是它们最坚实的底线！

竹子是君子之一，更是入画的主角。宋代的苏轼、明代的徐渭、清代的郑板桥都是画竹的高手。宋代晁补之有诗云："与可画竹时，胸中有成竹。"竹子是"有数"的，能长多少节，早在第一年秋天从竹鞭上分蘖出的竹笋就已经注定。它们用强大的根系咬定脚下的泥土，跟大地母亲深切地拥抱在一起，分不出彼此。山间、土坡、公路旁，在中国广大的地方，都有竹子的身影。它们成林成片，品种众多，能用竹子做成的器具就更多了，从吃饭的碗到喝酒的杯子，再到坐的凳子、睡的床、下雨时用的雨伞、挑担子的扁担……它易于存活、便于繁殖，真是人们生活中的大功臣。

在我的记忆中，老家的某处竹子开过花。俗话说，"竹子开花，赶紧搬家"，说的就是过去竹子开花，意味着荒年来临。竹子的一生只开一次花，而且开花之后便静静凋零死亡，但它却把自己最美的一面，留在了大自然的心中。我喜欢竹，因为它承载了我与亲人太多的记忆。

记得老家的房子左前方有一个不大不小的水塘，父母决定种上几株竹美化一下环境，奶奶也认为这个主意很好，于是从庄邻那里挖来几棵竹，可几经种植都没有成活。直到父亲去世后，原本不怎么有希望成活的竹子却活了，而且长势很好，没几年时间，已经成了一片茂密的竹林。因为是父亲亲手栽种的，我们兄弟姊妹们虽然都没说，但都对竹子格外重视。出来工作多年，每次回家我都会在竹林前驻足，这片竹林是父亲生前想看到的景色。

每年春夏时节，我会在竹林间寻找刚冒出来的竹笋，剥开笋皮，里面的笋肉散发出阵阵清香，用它炒几个小菜，总能让人吃出满满的幸福和对父亲深深的怀念。

父亲走了，一生如竹。他这一生，遇到了太多的人和事，也经历了太多的苦楚。在全国人民生活最困难的时候，父亲说他们吃过草根、啃过树皮，甚至在很长的一段时间里都过着衣不蔽体、食不果腹的生活。即使这样，生活的艰辛与岁月的苦楚都未曾压倒过他。父亲的一生也像竹一样，把最美的一面留在了我们心中。

如今，他牵挂的、放不下的四个孩子都已长大，都过上了不算大富大贵却和谐安康的生活。那种艰难的日子一去不复返了。而现在，老家的竹林在村里土地流转中被夷为平地，偶尔会有几根竹笋在路边冒头，但再也看不到当年葱郁茂盛的样子了。很多东西，一旦逝去，便如流沙般的岁月一样，从指尖稍稍划过，就再难以寻觅。

如今，我时常会想起父亲，想起那一片竹林，想起在老家生活的那一段日子，即使它已随着时间浅浅散去……

荷

炎炎夏日,与荷重逢,暑气消减大半。近日,我参加了以荷为主题的采风,感受清新之气。

骄阳中盛开的莲花,为人们展现了"映日荷花别样红"的景致。眼前的万亩荷塘,那犹如翠盖的接天莲叶,以及滚动在叶面上晶莹剔透的水珠,让你感受到一份暑气全消的清凉。

荷,入诗也入画,星罗棋布的河塘如明珠一般镶嵌在淮河大地,这是水乡特色。

荷,是一种水生植物,生长在池塘、湖泊、河流等水体中,也是一种象征性物件,有着丰富的文化内涵。

在中国古代文化里，荷象征诗情画意，常常被用于描绘优美的风景和清雅的文化氛围。如诗句"采莲南塘秋，莲花过人头"，将荷花描绘得格外美好。荷花在中国文化中还与"清贵""高洁""风流"等词汇相联系，常常被用来表达文人雅士的品格和境界。在中国文化中，荷还被认为是美好婚姻和爱情的象征。如并蒂莲，是夫妻恩爱的象征，常用来表达人们对美好婚姻生活的祝愿。

在西方文化中，荷是纯洁、高贵和神秘的象征。荷在古希腊文化中也是一个重要的象征，在《荷马史诗》中，荷是一种神秘的植物，代表着神圣和超然的力量。

在日本文化中，荷是一种精神的象征，代表着自我探索、追求完美和内在美。

对于荷的记忆，可以追溯到儿时。

童年的河塘里，贮满了太多关于荷的记忆，团团圆圆的叶子，碧绿碧绿，密密匝匝，扎根于整个池塘，风过处，弄皱满池碧水。叶面上滚动的水珠摇曳成一幅美丽的图画。调皮的我们，常常把荷叶折断，罩在头上，晴天用它遮挡太阳，雨天躲避雨点的袭击。每次折下荷叶，断痕处都会涌出白色的汁，老人说，那是荷的眼泪。

那时，我常常独自一人坐在河塘边，看着满池的荷叶出神。荷，让我难忘的，不是它碧叶红莲时的靓丽美景。倒是深秋时节，一池的枯枝败叶飘零之时的秋雨呢喃，更让我心醉神迷。雨点敲打着枯荷，虽说多了一份凄凉和萧瑟，却让我对生活有了更深一层的理解。人无百日好，花无百日红。世间万物，浮浮沉沉，一切皆有定数，春华秋实，人生也有四季啊。枯荷时节的秋雨，曾无数次回响在我的梦里。那潇潇雨声，让世人在红尘里，多了一份清醒，少了一份沉迷……

平日里，对荷的赞美，听得最多的莫过于"出淤泥而不染，濯清涟而不妖"一句。但是，人们在对荷花溢满崇拜和敬仰，甚至对其冠以"六尘不染"之词时，有谁想过它脚下那些又黑又臭的淤泥？又有谁想过莲藕只有在淤泥的滋养下才会茁壮成长？而且，如果没有淤泥充当强烈对比，又怎能衬托出荷的高尚，荷的圣洁，荷的出尘脱俗？

荷有许多好听的别名，如芙蓉、菡萏、凌波仙子等，这些别名，把荷拟人化，也体现了人们对荷的偏爱。有人把美人的清丽形容为"出水芙蓉"。荷想以它淡雅、清丽、出淤泥而不染的品格矗立于百花之中，但它毕竟不能与世隔绝。荷在这滚滚红尘之中，独树一帜，永远保持它的清新不俗，谈何容易。

荷似乎只想夜伴游鱼，昼听蝉鸣，过着那洁身自好的清静生活；荷似乎只想在天光水色之中，与月影云影为伍，与风声雨声相伴，实现它那一尘不染的梦想。然而荷终究失望了，"红藕香残玉簟秋""花自飘零水自流"。荷摆脱不掉自然的归宿，剩下的只能是藕断丝连的"一种相思，两处闲愁"，这恐怕就是荷的宿命吧。

　　"清风无语怎言爱，浮萍无心任漂流。"这又是怎样一份对爱的守望呢？像眼前的荷，它的素雅高洁，是直抵心扉的一种撼动，足以照亮人生许久。其实，人生何尝不是一次旅程，重要的是一路走过的，能否有这直达心底的感动。炎炎夏日，有这么一片荷花相伴，应该感谢赋予这万亩荷色之人，她定是位对生活怀揣美好而懂得感恩之人。

茶

不记得从什么时候开始,我爱上了喝茶,并且到了迷恋的程度。上午沏一杯绿茶,看那纤细柔嫩的茶叶在茶盏里漂浮着,好似一个个音符,游弋在杯中,舒展、丰润。一杯清茶,给我一上午的安逸和舒适,茶叶的身姿,让我仿佛看到生命的舞蹈。下午泡上一壶红茶,拨开一缕缕蒸腾的白雾,端起茶盏。闻,那醇厚的茶香;赏,那橙黄鲜丽的茶色;品,那香气馥郁的茶汤。入口,一股纯净的芳香萦绕在唇齿之间,久久弥漫。微烫的茶汤唤醒每一个味蕾,回味无比甘甜。

平时,偶尔也会喝点花茶,一杯馨香,一杯清冽,一碗相思，一碗寻觅。饮入梦里的甘甜，那些相伴的日子，醉了春花秋月的懵懂，醉了雨雪风霜的空蒙，也醉了你，浅浅的娇羞，淡淡的欢喜。

儿时的记忆中，茶是苦的。长大后，茶是甜的、香的，我想这不仅是年龄，还是阅历。

我国是茶的故乡，中华茶文化源远流长，博大精深。开门七件事——柴米油盐酱醋茶，茶的位置跟一日三餐有着同样的不可或缺的地位，饮茶在古代中国是非常普遍的。茶文化不但包含物质文化层面，还包含深厚的精神文明层面。唐代茶圣陆羽的《茶经》，在历史上吹响了茶文化的号角，让茶从饮食中分离开来，上升到精神层面。从此，茶的精神渗透了宫廷和社会，深入中国的诗词、绘画、书法、宗教、医学。几千年来，我国不但积累了大量关于茶叶种植、生产的物质文化，更积累了丰富的有关茶的精神文化，这就是中国特有的茶文化，属于文化学范畴。

国人饮茶，注重一个"品"字。"品茶"不仅是鉴别茶的优劣，还带有神思遐想和领略饮茶情趣之意。

在百忙之中泡上一壶浓茶，择雅静之处，自斟自饮，可以消除疲劳、涤烦益思、振奋精神，也可以细啜慢饮，得到美的享受，使精神世界升华到高尚的艺术境界。品茶的环境一般由建筑物、园林、摆设、茶具等因素组成。饮茶要求安静、清新、舒适、干净。品茶不仅仅为了达到解渴的功效，还可以达到联络感情、互通信息、闲聊消遣、洽谈贸易等目的。自古以来，茶有"待君子，清心身"的意境，邀人品茶是生活中待客的高雅礼仪。

唐代陆羽所著《茶经》，系统地总结了唐代以及唐以前茶叶生产、饮用的经验，提出了精行俭德的茶道精神。陆羽和皎然等一批文化人非常重视茶的精神享受和道德规范，讲究饮茶用具、饮茶用水和煮茶艺术，并将这些与儒、道、佛哲学思想交融，而逐渐带人们进入他们的精神领域。一些士大夫和文人雅士在饮茶过程中，还创作了很多茶诗，仅在《全唐诗》中，就有百余位诗人的四百余首与茶相关的诗流传至今，从而奠定了中国茶文化的基础。

茶最早是以"荼"字出现的，据《诗经》等文献记录，在史前期，"荼"是泛指诸类苦味野生植物性食物原料的，在发现了茶的其他价值后才有了独立的名字——"茶"。但"茶"字的出现则是中唐以后的事，是伴随着茶事的发展和商业活动的日益频繁而产生的，这也正符合新符号的产生晚于人们的社会生活这样一种文字变化的规律。

在食医合一的历史时代，茶类植物油的止渴、清神、消食、除瘴、利便等药用功能是不难为人们所发现的。东汉华佗在《食论》中写道："苦荼久食，益意思。"这是记录了茶的医学价值。

晋代，随着文人饮茶的兴起，有关茶的诗词歌赋逐渐问世，茶已经脱离一般形态的饮食走入文化圈，起着一定的精神、社会作用。两晋南北朝时期，门阀制度业已形成，不仅帝王、贵族聚敛成风，一般官吏乃至士人皆以夸豪斗富为荣，多食膏粱厚味。在此情况下，一些有识之士提出"养廉"的问题。于是，出现了陆纳、桓温以茶代酒之举。在陆纳、桓温、齐武帝那里，饮茶不仅为了提神解渴，也成为待客、祭祀并表示一种精神、情操的手段。饮茶已不完全是以其自然价值为人所用，而是进入了精神领域。

宋人拓展了茶文化的社会意义和文化形式，茶事十分兴旺，但茶艺逐渐走向繁复、琐碎、奢侈的模式，过于精细的茶艺淹没了茶文化的精神，失去了其高洁深邃的本质。在朝廷、贵族、文人那里，喝茶成了"喝礼儿""喝气派""玩茶"。

元代以后，茶文化进入了曲折发展期。到了明清，已出现蒸青、炒青、烘青等各茶类，茶的饮用已改成"撮泡法"，明代不少文人雅士留有传世之作，如唐伯虎的《烹茶画卷》《品茶图》，文徵明的《惠山茶会记》《陆羽烹茶图》《品茶图》等。茶类的增多，泡茶的技艺有别，茶具的款式、质地、花纹千姿百态。到清代，茶叶出口已成一种正式行业，茶书、茶事、茶诗不计其数。

如今，在各个城市的角落，都能看到大大小小的茶馆。在某个清静温暖的午后，凭窗而坐，沏一杯茶，一卷在手，安静地翻看着书，感受阳光的温暖、茶叶的芳香、书本的墨香，心里便有了身处世外桃源的感觉。让茶来润湿喉咙，茶的味道萦绕在嘴边，很清很淡。人生，如同一杯茶，仔细去品，便会尝出世间百态。人生如茶，淡淡的，清香的，苦涩的，也是甘甜的。

水

水,生命的源泉。水,纯洁的女神。水,剔透的明镜。严寒袭来,水凝成了坚固的冰。春暖花开,水面上又会升起袅袅烟氲,那是水的升华。在漫漫的历史长河中,水,已渗入人类的哲学、人类的艺术、人类的生命。在中国文化的深处,哲学家以水说理,政治家以水论政,书画家、文学家则描绘水、吟咏水。水,是人类旷古不衰的话题。

古往今来,水在人们的生活中常常扮演着多重身份。南方多雨,北方干旱,淮安多水。因为工作关系,我与水有了更深一层的接触。但真正认识水,还应该是在2003

年。那年淮安遭遇了一场百年不遇的特大洪水。在抗洪救灾中，我目睹了什么叫洪水滔天，什么叫一泻千里。在大水中，我更看到了淮安人那种超越于自然的抗洪精神。从这时起，我终于明白，原来，长江大河，江河湖海，除了柔情似水，还有水可覆舟！水，柔媚的外表下，有时也隐藏着如此巨大的危机。水，就以这样一种外柔内刚的强者姿态刻在了我的心间。

科学家说，成年人身体的水分约占总体重的60%—70%。不知道这个数据是否确切。其实，我不愿意用这样枯燥无味的数字来证明人与水的联系。曹雪芹先生说，女人是水做的。然而，在我看来，凡是人都是水做的。生命源于水。这个念头，瞬间让我心中的水溯流到了某种高度。我喜欢高山流水那种诗人般的狂放，那深刻，足以震撼心灵，足以让人从心如止水骤然达到心潮澎湃。

水在四方，流在无限。当极目楚天时，水在我的眼中变得浩渺如烟。当伸手触摸大湖时，水在我的手中柔滑得如丝如绸。一滴水代表了一个世界，一滴水映照了一段人生，一滴水成了一丝悠悠的情思。

有时，我会想，水其实很坚韧，不是吗？水滴石穿，其力量胜过金属！或许，水还真的如生命，涓涓细流，穿透无穷的岁月。水,成了我们的文化,产生过无数跟水有关的往事。

老子有一句话,叫"上善若水"。这句话让我静夜常思。水渊则能藏能游、能疾能缓、能柔能刚、能进能退、能覆能载。水无常形,多变难测。冬雪夏雨、江河湖泊、滂沱倾盆、波澜壮阔、曲折起伏、婉转清新、一泻千里、小桥流水,水的任意一种形态,何曾有失"自然"二字呢?看来,命运也罢,生命也罢,都不失水的特性。人生如水,何不保持"自然"二字呢?

时光如水。在一次次的生活浮沉里,我开始领悟,水和人生是那样的密切交融,又是那样的相近相似。对水敬畏,但不拒绝。水看似神秘,却不失旖旎。一切是无形的,却又分明千姿百态、韵味无穷。也许,这就是我对水的个性的理解吧!

桥

我到过许多地方,也见过许多的桥。可以说,有河的地方,就有桥的存在,桥在我们的生活中,离不开,少不了。桥,是再普通不过的交通设施了。

一个细雨霏霏的夏日上午,在六朝古都长江二桥公园的陈列馆里,我一下子被许多古今中外的桥的模型吸引住了。在声光电的五彩缤纷中,如临其境地见到了千姿百态、千变万化、多姿多彩的桥,它们活灵活现地再现了各个时代的桥,展示了桥的历史、风格、地域的科学文化内涵,也定格了经济的发展、科学的进步、时代的变迁,让人浮想联翩。

且不说今日的铁路桥、立交桥，就我国古代的桥梁，早已创造了走在世界前列的卓越辉煌。遍布神州的每一座桥，都有自己的故事，每一座桥都有它的历史，几千年来，历代劳动人民靠创新的聪明才智和辛勤的汗水，在湍急大江、浩荡大河、缓缓小溪、淼淼湖荡、深壑浅滩、激流飞瀑之间，架起了一座座坚固美观、姿态各异的长桥、拱桥、平桥、高桥……一桥飞跃，天堑畅通，险滩无阻，生活便利，生产发展，经济繁荣，国运昌隆。

我国的造桥历史悠久，北京的卢沟桥建成于1192年，至今已有800多年的历史，因此桥也成了历史变迁的见证。以著名的卢沟桥为例，这里曾屡次成为古代征战的沙场。我国全民族抗日战争的序幕，也正是从这里揭开。古桥，如沧桑老人，虽屡受战祸，但依然挺胸屹立，支撑着中华民族的脊梁。卢沟桥是我国现存最古老的石拱桥，是中华民族不畏强敌的象征。

我国的桥梁，是中华儿女聪明才智的结晶。它早已从实用建筑的范畴，走向了艺术的殿堂。不同地域、不同民族、不同时代，创造了不同风格的桥梁。加上所处环境的衬托，桥的不同姿态，无不给人艺术的享受，燕赵的联拱平驰，屹立在骏马秋风的冀北，气势雄伟；水乡的薄拱轻盈，凌波于杏花春雨的江南，更觉秀丽如画；泉州安平长桥，一如压海长堤，雄健为闽南之冠；大渡河边，群山高耸，泸定桥一线横空，乱云飞渡……这些桥梁本身所表现出来的艺术形象，无疑已成为我国桥梁史上的艺术经典之作。

造桥因地域原因，所选材料不同，又因不同材料的质感不同，给人的视觉感官不同，从而也产生了不同的联思遐想：石桥凝重，木桥轻盈，索桥惊险。祖先的聪明智慧，依然令今人击节赞叹。选择不同的材料，建造在不同的环境中，如山麓、平畴、水乡、园林、市街，便映射出殊异的色彩，呈现出不同的缤纷和灿烂。又因晨曦、暮霭、翠竹、丹枫、舒流，景物各异，动静自殊，而形成了不同的画面。难怪中国自古就把千姿百态的桥入诗入画，千年流传。

桥，在艺术家的眼里，是一种既有美感又有情趣的艺术元素，又是一件件完美的艺术品。《诗经》曰："亲迎于渭，造舟为梁。"马致远的"小桥流水人家"，清代黄仲则的"悄立市桥人不识，一星如月立多时"，历代诗人词客，为桥写下了无数脍炙人口的佳句，以桥入诗，以桥入画，以画记桥，由对桥的欣赏，触绪牵情，浮想联翩，再由心赞叹而形之歌吟笔墨，更为桥的艺术形象增添了魅力。

关于桥，还有许多美妙、神奇、婉转的传说。每年农历七月初七夜晚，少男少女便仰望天空，憧憬着"鹊桥相会"的甜蜜。在淮安，有"虹桥赠珠"的传说；在杭州，有"断桥相会"的神话。谈到爱情，还有"奈何桥上等待九百九十年"的凄婉故事。

"在青山绿水之间，我想牵着你的手，走过这座桥，桥上是绿叶红花，桥下是流水人家，桥的那头是青丝，桥的这头是白发。"这段话出自现代作家沈从文之手，深情的表达和对爱情的细腻描绘成了文学史上的经典。

徐志摩的《再别康桥》，不仅表达了他对康桥的深深眷恋，也反映了他对那段留学经历的怀念以及理想破灭的无奈和哀伤。诗中的每一个意象，河畔的金柳、水底的青荇、榆荫下的潭水等，都是他对过去美好时光的回忆和对现实离别的无奈情感的体现。诗人细致入微地表达了自己对康桥的爱恋、对往昔生活的怀念，充满着浓浓的离愁别绪，情感真挚、浓郁、隽永。

桥，在中国，在世界上，都是一部永远阅读不完、续写不尽的鸿篇巨制。

一瓢之饮

　　有人用整块时间读书，有人用碎片空隙读书，有人因为学习需要读书，有人却因为孤独而选择与书做伴。许多个无人诉说的夜晚，我独处幽室，靠在床边捧本书静静地阅读。书就像沙子，沉淀得心水逐渐澄澈。生活中的烦恼和焦虑，随书中的字行消散，任思绪旁若无人地尽情宣泄，我以自己的方式一点点掸去心中的风尘，享受那份灵魂的空灵和静美。

　　书籍就像海洋，广阔无尽，每个人一生所读之书，只能作"一瓢饮"。书的纵深亦何其浩瀚，从历史尚存的第一本书算起，到现在，书籍们就像高入云端的书塔，每个读书人都在攀登，有人攀得高，有人终其一生尚未抬脚。书是这世上最值得的投资，也是最方便、廉价的知识载体。书对每个人各有用途，每个人对书也各有品位。

女人对书，自有女人的品位。不同的女人，对书更有不同品位。对于书，不同的品位有不同的选择，不同的选择会得到不同的效果。每个女人的书橱和衣橱，风格会不会相似？一个女人爱读什么书和她爱穿什么衣服，喜欢搭配什么服饰，会不会两只"橱"之间有某种联系？比如，拥有知性的书橱的女人会有知性的穿搭？衣橱是女人的"后宫"，书橱则是女人另一个大脑。

懂得其中道理的人，到一个人家里或者去一个人的办公室时，大致扫一眼此人身后或旁边书柜中的陈列，就知道他读不读书，真读书还是假读书，从中能看出此人是工于心计，还是喜欢权谋，或者研究养生、喜好《周易》、沉湎于武侠小说，等等。

时代飞速发展，读书的方式也变多了，可以听书或者用手机进行电子阅读。我有意无意地发现，身边朋友或熟人的知识面越来越广，在一起时谈论的话题也越来越多。对事物的认识和对当下形势的判断更加客观、冷静、宽宏，这得益于持续不断地读书。

读书的好处，从过去说到现在也说不完。一个人的能力、品德、素质、见识、眼界、心胸等，很多时候可以通过读书获得。或者即使不读书，家里准备一些书，心底里也会被感染，变得踏实。

人们应该有意识地培养自己爱读书的习惯，并能长期坚持，循序渐进，从中获得帮助。当生活和心灵中有很多困惑和对知识的渴求时，不妨把视线和注意力转向读书。书是文字形成的风景，还是能量和爆发力。行走在读书的路途中，会跟有成就的人相遇，会避免自己犯同样的错误，能解答心中的疑问。

跟书约会，把纷繁复杂抛却，将尘世庸常丢在看不到的边沿，让有价值的情感和情绪成为人的一分子，努力积攒正能量，尤其是女人，小时候父母是老师，长大后忙工作忙家庭，但要有自己的一根主线，犹如荷叶的一根茎秆，始终亭亭玉立，不折不弯。读书读出的风采和韵味，可以成为女人的欢颜，演绎出一道道女人与书的风景线。

有的女人，读书是为了获取知识、增长才干，她们注重思想性，追求哲理。书，使她们生活充实，提升了她们的境界。这样的女人本身就是一本书。有的女人，读书是为了愉悦芳心，她们喜欢读那些婉约清新、素净如春兰夏荷秋菊冬梅的唐诗宋词。还有的女人，读书仅仅是一种娱乐和消遣，喜欢看琼瑶笔下的言情故事、当红影视歌星的趣闻轶事，这当然也不失为一种情趣风雅。有的女人热衷于地摊杂志、街头小报、名人的花边新闻，聊以打发时光，就另当别论了。

读书是一种享受，更是对灵魂同路人的寻觅。有多少高才大德就端坐在一本又一本精装或平装的书本里，他们用生命和生平智慧写就的哲学、美学、思想、宗教信仰的著作，都是一串串经过千辛万苦打磨过的珍珠或宝石，能经历岁月的冲洗和积淀，来到读者面前，用沉默，像宇宙波那样传送进每个人的思想和意识里。我国历史上的贤才大德们就不用说了，哪个在文化和思想上有所建树的人不是通过读书或者跟书有关的方式获得成功的？

孔子、孟子、张载、朱熹……书是他们的工具，更是他们思想和思考的载体。新中国让人人能上学、个个有书读，发展到现在则提倡人人爱读书、个个会读书。一个热爱读书的人未来发展有无限的可能，一个热爱读书的民族和国家的未来也会如此。爱读书，会读书，让时间的分秒和书本的字句交织，形成每个人自己的独特的知识体系，提高自我认识。通过读书培养独立的个性和独立思考的能力，不至于在没有光亮的时候迷失自己。读书，是要为自己的人生和生命寻找价值、寻找光、寻找出路。读书，让人在漫长的旅途中遇到风雨、迷雾和荆棘时，不至于恐慌、迷失，跌倒后还能站立。

读书与写作往往是孪生姐妹。心中有所思，会忍不住将其落到纸上、输入电脑。而写作又是另一种宣泄，一种新的升华，是自己对生命的恣意呼唤和呐喊，两者都浸透了极度的真诚、饱满的激情和灵魂行走的深度。

在一些文友家，我常看到，书橱里整整齐齐地摆放着一排排的书籍。此时，我会从心底发出感慨，那才是女人经久耐用的时装和化妆品。即使衣着普通，素面朝天，走在花团锦簇、浓妆艳抹的女人中间时，浑身流溢着的书卷味，也会使她们显得与众不同。"腹有诗书气自华"，这句话用在她们身上再合适不过了。

书让女人变得聪慧、变得成熟，使女人的心灵得到滋润、升华。"和书籍生活在一起，永远不会叹气。"罗曼·罗兰如是劝导。高尔基说："学问改变魅力。"看来，读书的确是拥有魅力、永葆青春的源泉。

读书是不分男女、不分年龄界限的，尤其是女人，年年岁岁都是读书的芳龄。从现在开始，与书约会吧。

试 妆

周末，恰逢金鹰淮安店周年庆典，又逢某品牌护肤品进驻金鹰，朋友约我一起去逛逛。在服务台导购小姐热情的召唤下，禁不住优惠活动的诱惑，我和朋友不知不觉也陷入其中。买了就买了，不后悔，但我突然想到一句话"女为悦己者容"，在化妆品服务台，围了一大圈形形色色的女人，她们认真地聆听导购小姐的讲解、分析，并旁若无人地任凭导购员在脸上做着"实验"。

西施昭君的沉鱼落雁之容、貂蝉玉环的闭月羞花之貌，似乎永远是女人们的梦想。可几千年了，能流芳百世的也只有这四大美女，但显然这并没有让爱美的女人们放弃追求，她们仍一如既往、乐不知疲地编织着这个美丽的梦。

黛玉在《葬花吟》里悲道："试看春残花渐落，便是红颜老死时；一朝春尽红颜老，花落人亡两不知。"屈原的《离骚》更有："惟草木之零落兮，恐美人之迟暮。"竟将君王暮年衰老的悲哀喻成美人迟暮，可见古来对女子的容貌是何等看重。与之形成强烈对比的是女子的才学，有句老话：女子无才便是德。《围城》中的方鸿渐在与唐晓芙约会时说，女人有才学，就仿佛赞美一朵花，说它在天平上称起来有白菜和番薯的斤两，真聪明的女人绝不用功做成才女，她只巧妙地偷懒……和方鸿渐的话有异曲同工之妙的说法是：赞美女人，你最好说她漂亮；如果她确实不漂亮，就说她温柔贤惠；如果她不够温柔贤惠，就说她聪明能干。

有次和一女孩聊天时，我赞美她长得漂亮，她却说："从小父母就告诉我，天生的容貌没什么值得骄傲的，你再年轻再漂亮，总有人比你更年轻漂亮，不能把它看得太重。"真的很佩服她的父母，教给女儿这么一种思想，这也许比给她一张漂亮的脸更让她受益终生。

都说爱美是女人的天性，也都说人不是因为美丽才可爱,而是因为可爱而美丽,不可否认这话的正确性,但要达到这种境界,不是轻易就可以的,非得有一定深入的了解不可。生活中常常会遇到相貌平平的人,初次见时并没什么印象,可她为人开朗、豪爽健谈,总有说不完的趣事,日子长了竟怎么看怎么顺眼。所以,没有人会第一眼就喜欢一个形容邋遢的人,也没有人会真的不在意自己的容貌,不同的只是在意程度上的差别。也许只有在达成某种异于常人的成就下自信心达到顶峰时,人才能真正地忽略自己的外在。

所以我想,装扮首先是给自己一种自信,而不仅仅是为了取悦于人,如果非得说取悦的话,那么,"女为悦己者容"这句话,就应该改为"女为悦己而容"。随着现代社会日新月异、迅猛发展,物质方面的丰富令人目不暇接,精神层面表现得更为多元与精彩。女人们不再抱守"女为悦己者容"的冷冷清清、寻寻觅觅,而是要开辟"女为悦己而容"的热热闹闹、坦坦荡荡。

"女为悦己而容"是现代女性从主观感受出发对美的大胆追求,可以不计后果,不管"己悦者"最终会不会悦己,但必定来得那么真实、有个性。虽然说装扮在某种程度上体现着个人的品位,是学识、修养等内在品质长期历练的结果，但我却不欣赏那种话题永远是服装和美容，除了装扮外就一无所知的花瓶似的女人，也不赞成只知埋头苦干却疏于修饰、形容憔悴的女人，因为她们虽然实现了作为一个人的价值，但同时也失去了造物主赋予女人的美的价值。于是，我就很羡慕那些才学满腹、聪明能干，且把自己装扮得楚楚动人的女人。

女为谁容，每一个女人，都会有不同的看法。真正为谁，只有女人自己清楚！

我在终点等你

这些年很少看电影，更很少一个人去看电影。那天三妹和他的先生去看电影，回来后在微信朋友圈嘚瑟了一下，还说：被剧情打动，哭得稀里哗啦。

第二天晚上，我决定去一探究竟，请三妹从网上买了票，看时间还早，便一个人从家里走到了电影院。三妹把电子票据发给我的时候还不忘提醒我，最好找个人陪，要不然没有人帮忙擦眼泪。究竟什么电影，能这么煽情？

电影院不大，是一个能容纳百人左右的2D小厅，看电影的人不多。坐在我左右两边的是两对情侣，我一个人夹在他们之间显得有点别扭。进入观影状态后，我也就不在乎左右两边的人了。有句话说得好："你现在是否拥有一个可以相爱的人，或是可以去爱的人，再或者是爱着你的人？如果没有，请不要放弃，因为我始终相信，也许你一辈子都不会遇到那个最好的人，却会遇见最适合你的那一个。"

影片《从你的全世界路过》以这样的独白开场："我不愿意从你的全世界路过，如果遇见，我想为你驻足，我想和你相恋，我已经错过了你生命的十分之一。我想珍惜今后的每一分、每一秒。"影片中，被小蓉甩了的电台主持人陈末一蹶不振，糟蹋自己曾经精心运营的电台栏目。因为被分手，陈末把自己搞得一塌糊涂，因为他习惯了爱情曾经的模样，他习惯了自己有一个叫小蓉的女友。但他却并不知道什么是爱，也不知道小蓉真正需要的是什么。在陈末放弃了自己两年后，他遇见了来到电台实习的幺鸡，很显然幺鸡和小蓉是两个截然不同的女子，小蓉独立、强势，幺鸡可爱、单纯。幺鸡是爱陈末的，而小蓉是爱事业的。追求不同，故事的结局也不大一样。面对陈末的消极怠工，幺鸡默默地陪在他的身边，尽自己最大的努力，帮助陈末一起做好他们的电台。默默守护着自己爱的人，何尝不是一种幸福，即使对方眼里没有自己。暗恋，是一件既美好又悲哀的事情。

所以说，上天不一定把最好的安排给你，但一定会把最适合你的带到你的身边。很明显，在一般人眼里，小蓉比幺鸡优秀，事业心强，独立又自信，是多少女人事业上的榜样。幺鸡也是优秀的，她敢爱敢恨、纯真善良，对朋友义不容辞。

每个人在不同的地方都有着自己的闪光点。我们看问题不能太片面。不能说谁对谁错，不能给男主角戴上光环就否定那些背离了他的人。生活中没有绝对的对与错。小蓉和陈末的追求不同，就像相交线，有了交集之后必然会渐行渐远。

电影里猪头的爱情，在每个人看来都是既不可靠也不可能的。果不其然，他深爱的燕子最后还是离开了他。大学时期的燕子被卷入同室盗窃事件，被学校批评，除了猪头没有人相信她，在她需要依靠的时候，猪头出现了，安慰了她孤独的心灵。但是，随着年龄和见识的增长，燕子已经不需要猪头这种单纯的爱，她一直在国外生活，需要的更多，野心也更大。最终，两人有缘无分，没有走到最后。再说茅十八和荔枝的爱情，他们之间是水到渠成，恰到好处。没有其他感情分歧及坎坷，他们都是彼此理想中的模样，一个被动，另一个就主动。即使主动的一方是女方又有何妨？爱情来了，不需要在原地等待。茅十八的梦想一直是发明，但遇见荔枝之后，他的梦想有了一些变化。除了他钟爱的发明，还包括给荔枝足够多的爱，给荔枝最好的生活。茅十八把一辈子的智商都用在了谈恋爱上，他遇见了合适的人，从而从一个呆板发明家变成了撩妹高手。是爱情把他变成了更可爱、更鲜活的模样。电影演到茅十八为救荔枝肚子上挨了一刀的时候，我以为他真的要从荔枝的全世界路过了。我难过，但是没有哭，直到剧情发展至小镇所有的电器只要一开机，就会大声播出茅十八喊的那句"荔枝我爱你"时，我忍不住流下了眼泪。爱就是不退不悔，爱就是纯粹唯美。

有些高调的爱情让人羡慕，但想想其中一个死去了就显得格外悲伤。剧情发展到最后，估计编剧也不忍心那么残忍，于是把完美的结局留给了观众，让人相信这世间仍有真爱值得期待。茅十八活了过来，他没有从荔枝的全世界路过。他为之驻足，停在了荔枝的世界范围内，两人将共同度过今后的漫长岁月。

生活中我有几个闺密，条件都不错，下得了厨房，上得了厅堂，不仅有颜值，还有才华，更有让人羡慕的事业。遗憾的是却独独少了个他。她们不是嫁不出去，只是没有遇到让她们愿意嫁的人。她们活在了各自的"电影"里，对最美的爱有最真的期待，期待那个爱她们一生一世的人，期待再多的柴米油盐也冲不淡的真情。遇不到不强求，总好过因强求而为难了自己，也委屈了对方。每个男孩女孩要的爱，都无瑕洁白，却不得不接受人间烟火的考验。在婚姻中将就，微笑会逐渐消失，神态也会愈发失去韵致。

爱情的样子，是当你苍老多病时，他（她）仍然不离不弃。是当你贫穷受挫时，还有人给你臂弯和肩膀。爱是相互理解、相互陪伴，共同面对挫折与风雨。爱是昙花开放时短暂的灿烂，爱是无怨无悔的付出和给予。爱可以拿生命去换，爱永远像一首歌、一幅画、一段美景，展现在你我眼前。

我相信每个人都会有一份属于自己的恰到好处的爱情。也许你已经拥有，也许它正在悄悄萌芽，也许正确的人还未到来，你还未等到那个为你驻足而不仅仅是路过的他。我相信，如果最后是你，晚一点也没关系，在终点等总比路过的要好。

我在终点等你，等你用红玫瑰和白婚纱向我发出邀请，等你虔诚的眼神与热烈的肯定，等你嘴角透出的浅笑将我整个人映进你的眼眸和心底里。我在终点等你，等你跟我一生一世，等你跟我柴米油盐，等你包容我的痴心，等你醉心于我的傻劲，等你融化我因等你站立的四季、睫毛上的霜花、发梢上的露珠。

我在终点等你，等你的小心思，等你的小幸运，等你的小欢喜，等你的小用心。你从远山跋涉而来，你从水上乘舟将至，你来自天上云朵，你驻足于人海车流。你我相遇，携手并肩，走向下一站。

生命的关卡

"把微笑留给伤害你最深的人",已经记不清这是从哪一本杂志上看到的一句话。这句话的含义,被我深深记在了心里。

一个人究竟要经历怎样的苦楚和打击,又有怎样的悟性和灵性,才能总结出这样的话,才能在沼泽里开出一朵朵满含朝阳的光辉映衬着露珠的小花?恍惚间,好似经受过人世间历练的作者就坐在我面前,用微笑去对待伤害。要做到这点,何其之难?

想向写这句话的作者致意,也想为能做到这般的男人、女人们鼓掌。若能做到这样,将会多不少释怀和原谅，荆棘丛中也能挂上柔嫩的绿叶和甜美的果实。"把微笑留给伤害你最深的人"，这是多么坚强而潇洒的人生，多么瑰丽而博大的情愫，多么自信而高雅的气韵。人生境界若能如此，要经历多少爱与恨的情感交织、多少心与心的碰撞。

当我们还是孩子时，心底里满含纯洁与天真。像云，像雨滴，像小溪和池塘，每天沉浸于自在、宁静、欣喜中。人总会长大，人际关系就会变得复杂，得失、荣辱充斥在人与人之间。什么能把一个人伤得最深？利益、爱恨、情仇？都有。

人或许可以没有大建树、大发展，但总要爱一次才算不枉在世间走一遭。当一个人接受了爱，就给了别人伤害自己的可能。于是爱有了对错，人与人之间有了散聚，有了非他莫属，有了不相往来。

在爱情中的男女，很少有人能换个角度去看待问题，尖锐的倒刺一不小心就会刺进肉里，任由它嵌在肉里会疼痛难忍，一咬牙一使劲拔出来会疼痛万分，甚至还带着鲜血和结痂后的伤疤。

生而为人，为什么非要认认真真、轰轰烈烈地爱一场？

诗人说，爱是生命之花；哲学家说，爱是生命的关卡；

心理学家说，爱是每个人成长必须经历的道路；家庭伦理学家认为，男人和女人必须在组成家庭之前热烈地相爱，爱得越牢固，未来的家庭才能越稳固。有了两颗深爱的心，两个人才能在即将面对的人生风雨面前抱得更紧，能给孩子坚固的家庭基础和成长的沃土。

是啊，两颗相爱的心，加上坚定的誓言和亲朋好友的祝福，一场热热闹闹的结婚仪式宣告了一个新家庭的诞生。这大概是人间最美的样子，相爱的样子。

爱情的难得与遗憾就在于，爱一次并不一定能找到彼此，爱几次也不能证明爱的正确。爱，残缺，爱难再。男人和女人，前一秒还捧着爱的蜂蜜和美酒，下一秒可能就会变成拿着锋利的碎片和闪着寒光的刀尖。

有多少人间幸运，一眼就能找到爱一辈子的那个人？又有多少人间悲剧，爱得遍体鳞伤，爱得完全失望，到最后也找不到可以风雨同舟的另一半。通常是我在这边，你在那头，寻寻觅觅，疑疑惑惑。

当昔日的真爱不在，当情感的繁花已被冬雨打得残红飘零，人们往往习惯于久久停栖在曾经的枝头低吟浅叹。不是在苦苦地眷恋昔日的柔情，奢侈地盼望曾经伤害过自己的人能回心转意，就是在暗暗地发狠，决心用同样的方式给予回报。或许这合乎常理，但未必理智、潇洒、可爱。最恰当的方式还是微笑着道声珍重，愿他在迢迢人生路上一路走好。

有人说，人何苦为难自己。我倒是认为，人应该有为难自己的勇气。世界是很多人的，人生道路上有太多人。一句恶语说出，一个愤恨传递，伤了别人，也伤了自己。不在错的人那里浪费时间和精力，要"投资"自己，尽量让自己快乐，让自己独立，让自己成为更好的那一个。

男女相爱，来，因为值得。去，因为不值得。谁也别奢望对方会是情爱中救苦救难的神仙。小说中的妄想和梦想不是生活。别任鼻孔与白眼太直白、太露骨。任何人之间除了情感，就是一场又一场值得与不值得的权衡与筛选。咖啡馆、书店、商场和楼梯间，男女众生"受想行识"，食色二字，利益而已。

看透了，就不会爱了。

看不透，爱得才热烈，才纯粹，才欲仙欲死。

哲学家、美学家、教育家……不管哪种"家"，对男女爱情有多少种不同的解释，都建议生而为人的我们，难得一世，彻彻底底、毫无保留地爱一次。不管冷暖得失，不管身价身世，不管职业位子，都应该如烈火燃烧般爱一次！那样的生命才有意义，才像一棵花树，总算开过；才像小鸟，总算飞上蓝天过；才像肥皂水，总算被吹成泡沫过。就算顷刻间炸裂，又如何？

爱过，就要勇敢！不爱，就要输得起！怨恨与悲凄，都是命中该有的样子。亲爱的你啊，知道了吗？把微笑留给有负于我们的人，把泪水留给自己；把祝福留给有负于我们的人，把痛苦留给自己。没有高峻的思想，没有对感情的细微洞察、冷静体会，没有对爱过的人发自内心的挚爱，谁能做到？把微笑留给一般的朋友已属奢侈，献给有负于我们的人，岂不难上加难？

于是，闹剧开始上演，谢幕时才发现，以伤害对付伤害固然是一种解恨的办法，但伤害的结果只能更加有情地离去，恨是一把双刃剑，一面对着对方时，另一面已经指向了自己。一时的宣泄虽然痛快淋漓，但一世的悲怆更苦涩难耐。风起的日子笑看落花，雪舞的季节举杯望月，这是一种洒脱的境界。对伤害我们的人宽容和善待，本身就是最坚韧有力的自信、自尊、自强。

对伤害我们的人微笑吧，权当在烈火中再锻造一次。相信，经历过艰难的悲壮，今后的人生道路，就再也没有越不过的高山、跨不过的峡谷。

相濡
　以沫

相濡以沫

离开那座曾经工作过的小城已经快一年了，应友人的邀约再次回去。朋友们好久不见，禁不住劝，喝了一点酒，便留了下来。把简单的行李放下后，从宾馆下楼，漫无目的地在街上走着，不知不觉走到了好友君居住的楼下。打电话告诉她我已经在她家楼下。初冬的夜晚天气有一点冷，马路上已经没有什么行人。我们俩沿着城中的小河走着，我提议去我曾经居住过的地方看看。那是一个三合院式的办公楼加酒店，这里原来是一个单位的办公场所。因为单位合并现在已经改名。可能饭店的生意不是太好，晚上十点已经关门，院内空无一人。饭店最上面两层是客房，但不对外。刚建好那会儿，那两层住的是家在异地的同志，几年中，因为工作调整陆陆续续地离开了，最后只剩下我和另一位同志。我们俩成了邻居。我的工作需要市县两边跑，每周也住不上几天。隔壁的邻居如果没有特殊情况基本每周都在，虽然是邻居但我们不怎么往来，见了面也就礼节性地打个招呼。可能是胖的原因，他夜晚打呼噜的声音很大，但住在隔壁听着呼噜声倒也踏实。突然有一天，他也调走了，那栋楼只剩下我一个人，顿觉有些害怕。所以常把好友君请来做伴，直到去年底，我也离开了。君说："你离开后这栋楼全部改成了办公场所。"

客居在那儿六年，留下了太多的记忆。离开后，一直不敢去触碰，却常常在梦里又回到那儿。那天晚上，和君走到那里，发现原来居住过的房间门口的走廊灯还孤零零地亮着，在漆黑的夜晚显得格外明亮。冥冥之中它是不是知道曾经的主人要回来，专门为她留了一盏灯，这盏灯在我来时没有在我想象中出现。看到这一幕，我的眼泪已经盈眶，这让我在冬日的夜晚倍感温暖，这一刻，我找到了"相濡以沫"的答案。

人生能有多少个六年？而我用六年的时间把自己深刻融入并深深地爱上了这里。六年，足以让一份爱情开花结果；

六年,也可以让一个呱呱坠地的婴儿成长为一名小学生;六年,也让我从青涩走向成熟。本想再一次走进房间,却因大门已经紧锁,只能和君在门口短暂停留,脑海里像走马灯一样回放着昨天的故事。不到一年的时间,变化如此之快,还没来得及回味,已是物是人非,内心不免有些伤感。

记得我离开时,旁边新开发的小区还没有交付使用。在我常停车的地方,现在已经开了一家咖啡馆,咖啡馆的外墙上霓虹灯做成的名字"流年——在等谁的相濡以沫"显得格外醒目。可以想象,这里的主人一定是个有故事的人。木质材料做成的咖啡馆小院栅栏很矮,但完全可以和左右两边相隔,形成自己的独特风格。虽然已是初冬,院内的花草仍然以最美的姿态迎接着每一位有缘人的到来。咖啡馆两层。布置得不是很奢华,但很典雅。一位漂亮的地道的水乡姑娘接待了我们。和君在靠着窗户的位置坐下,要了一壶玫瑰花茶,由于天气冷的缘故,咖啡馆没有其他客人,我不喜欢喧嚣,这样的环境让心灵在此有了短暂的安放。

回来后的第二天,君给我打了电话,说昨晚我好像有心事,是不是遇到什么事了。好像有,又好像没有,一下子也无法说清。但一直在想,那晚,我在等谁的相濡以沫?

七 夕

立秋之后,白天的气温仍然居高不下,到了晚上明显有了丝丝凉意。在晴朗的夏秋之夜,天上繁星闪耀,一道白茫茫的银河横贯南北,银河两岸,各有一颗闪亮的星星,隔河相望,遥遥相对,那就是牵牛星和织女星。这是小时候奶奶给我们讲的关于牛郎和织女的故事。从此以后,每年七夕的夜晚,我都会抬头看星空,祈祷牛郎和织女之间有一座为他们永远搭建的桥。

七夕始终和牛郎织女的传说相连,这是我国民间爱情传说之一,是一个很美丽的、千古流传的爱情故事。

在我国,七夕的习俗很多,最普遍的习俗,就是妇女们在七月初七的夜晚进行的各种乞巧活动。乞巧的方式大多是姑娘们穿针引线验巧,做些小物品赛巧,摆上些瓜果乞巧。各个地区乞巧的方式不尽相同,各有趣味。

在山东等地,人们陈列瓜果乞巧,若有"喜蛛"结网于瓜果之上,就意味着乞得巧了。

有些地方的乞巧活动,带有竞赛的性质,类似古代斗巧的风俗,如穿针引线、蒸巧饽饽、烙巧果子等习俗。还有些地方有做巧芽汤的习俗,一般在七月初一将谷物浸泡在水中发芽,七夕这天,剪芽做汤。那里的儿童特别重视吃巧芽,喜欢用面塑、剪纸、彩绣等形式做成的装饰品,这都是斗巧风俗的演变。而牧童则会在七夕之日采摘野花挂在牛角上,叫做"贺牛生日",传说七夕是牛的生日。

还有的地方,把七夕下的雨叫做"相思雨"或"相思泪",传说是牛郎织女相会所致。

在今日浙江各地,这一夜会有许多少女一个人偷偷躲在生长得茂盛的南瓜棚下,在夜深人静之时如能听到牛郎、织女相会时的悄悄话,这待嫁的少女日后便能得到千年不渝的爱情。

在广西,传说七月七日晨,仙女要下凡洗澡,喝其洗澡水可辟邪治病、延年益寿,此水名为"双七水",人们在这天鸡鸣时分，争先恐后地去河边取水，取回后用新瓮盛起来，待日后使用。

广州的乞巧节独具特色，节日到来之前，姑娘们就预先备好彩纸、通草、线绳等，用它们编制成各种奇巧的小玩意，还将谷种和绿豆放入小盒里用水浸泡，使之发芽，待芽长到两寸多长时，用来拜神，称为"拜仙禾"和"拜神菜"。从初六晚开始至初七晚，一连两晚，姑娘们穿上新衣服，戴上新首饰，一切都安排好后，便焚香点烛，对星空跪拜，称为"迎仙"，自三更至五更，要连拜七次。

在福建，七夕节时要让织女欣赏、品尝瓜果，以求她保佑来年瓜果丰收。供品包括茶、酒、新鲜水果、五子（桂圆、红枣、榛子、花生、瓜子）、鲜花和妇女化妆用的花粉以及一个上香炉。一般是斋戒沐浴后，大家轮流在供桌前焚香祭拜，默祷心愿。女人们不仅乞巧，还有乞子、乞寿、乞美和乞爱情的。而后，大家一边吃着水果喝茶聊天，一边玩乞巧游戏。乞巧游戏有两种：一种是"卜巧"，即用卜具问自己是巧是笨；另一种是赛巧，即谁穿针引线快，谁就得巧，慢的称"输巧"，"输巧"者要将事先准备好的小礼物送给得巧者。

直到今日，七夕仍是一个富有浪漫色彩的传统节日。

但不少习俗活动已弱化或消失，唯有象征忠贞爱情的牛郎织女的传说，一直流传至今。

作为中国的传统节日之一，七夕的背后，隐藏着多少不为人知的秘密，又到底有哪些动人的故事呢？《诗经》里，有句关于时令的名句："七月流火，九月授衣。"这句诗的意思是，每逢农历七月，天气转凉，女子们会纷纷织布缝衣，准备御寒的衣物。

白居易《长恨歌》中有这样一句话："七月七日长生殿，夜半无人私语时。"说的正是七夕那天，唐玄宗和杨贵妃夜半幽会的场景。

从专属女生的乞巧节，到披上爱情色彩的情人节，随着时光流转，七夕被注入了愈发丰富的寓意。但无论内容如何变化，可以肯定的是，每个时期的人们，都对自己、对生活，有着朴素美好的心愿。

七夕，像一个浪漫的仪式，激励着一代代国人对美满生活的向往，哪怕穿越千年时光，也熠熠生辉，从未褪色。

说起七夕，我更喜欢秦观的《鹊桥仙·纤云弄巧》这首词。"两情若是久长时，又岂在朝朝暮暮。"这首词写尽了爱情的美好，即使千年后的今天，也有无数人为之深深打动。但并不是所有七夕诗词,都像这般温柔缱绻。有些诗词,甚至还有清冷萧瑟之感。比如李商隐的《七夕》。在妻子去世后的三年里,每年七夕,李商隐都会写一首悼亡诗。其中,第三年的悼亡诗,尤为感伤:"争将世上无期别,换得年年一度来。"怎样才能将没有期限的死别,换得每年一次的相逢?面对挚爱的乍然离场,再洒脱的诗人,也会痛彻骨髓。翻开浩如烟海的诗册,你会发现很多著名诗人,如纳兰性德、李清照、杜甫等,都写过关于七夕的诗词。其中大多数古诗,主题都是爱情中的缠绵愁苦。

还有苏轼的《鹊桥仙·七夕》。这首词不落男欢女爱的俗套,而是描写了和挚友聚会的场景:"客槎曾犯,银河波浪,尚带天风海雨。相逢一醉是前缘,风雨散,飘然何处?"在苏轼的想象中,好友就像得到仙人眷顾的幸运儿,即将乘着仙舟,直上九天银河。分别之际,与其一味伤感,不如好好珍惜当下,举杯痛饮,不醉不归。整首词气象开阔,连陆游都感慨,读这首词,仿佛能感受到天风海雨扑面而来。人类的情感都是相通的。千百年过后,我们再读这些古人的诗词,依然会感到灵魂的某些地方被深深触动。

七夕，或许会因为爱情增色，但从来不止于爱情。读懂老祖宗在诗词中的真切体悟，我们亦能从中汲取到好好生活的能量，温柔且有力地活在当下。七夕不只有浪漫，也不能光谈爱情。这个有着上千年历史的古老节日，不仅承载着先人对星空的憧憬，也寄托了人们对美好生活的向往。

作为中国最古老的传统节日之一，七夕，寄托着先人们最朴素美好的心愿。它像是中华民族的精神纽带，告诉我们先人喜欢什么，在意什么，期盼什么；也提醒我们，在忙碌的同时，别忘了关照自身。

爱在七夕，也在朝朝夕夕。

脊　梁

对于 20 世纪的农村来说，建房是件大事。80 年代初，我家建起了第一套红砖青瓦的房子。高大宽敞的瓦房，在老家的那个庄上和大部分人家的草房比起来显得那么与众不同。那个时候的农村建房是一件非常隆重的大事。春去秋来，家里用了大半年的时间才把房屋建好。根基牢固与否决定着房屋的质量。在那年春暖花开的季节，家里选了一个黄道吉日，请来二十多个壮年工人，挖地基、夯基础。一个大的石磙被大家齐心合力抬起又砸下，上下起伏。夯土时工人们嘿哈的声音此起彼伏，重复了好几天，直到地基冒出地面一截，水泥砂浆找平后，基础部分终于完工。然后又经过了一个夏天的凝固和养护，直到秋天才开始砌墙。记忆中，从砌墙到房子建好，前后花了好长时间。

建房对孩子来说，最有意思的当数上梁。那天，父亲郑重其事地用大红的色料在中梁上写下饱含美好祝福的"福禄寿喜财"五个大字，下面是年月日。母亲在前一天晚上连夜发面，把准备好的面团做成预示着吉祥的小动物形象，还不忘画上五颜六色的图案。那天，中梁披红挂彩，被装点得五彩缤纷。一大群孩子早早等在下面，吉时一到，在一串长长的鞭炮声中，司仪把放在提篮里的糕点糖果往下撒，孩子们在下面哄抢。那仪式感不亚于娶亲，那是有过农村生活经历的人脑海里一幅特有的图画。

2014年，老家土地流转，村庄整体搬迁到集中居住地，原本高大宽敞的老房子经历了30年的风雨洗礼，变得有点老态龙钟，房子外墙有的地方有了裂痕，房顶虽也整体维修过几次，但遇到大雨有的地方还是会漏雨。在这里住了30年，母亲对这里的一草一木都是那么熟悉，每天早晨的第一声鸟鸣对母亲来说是最美的声音。全家纵有太多的不舍，母亲还是在那张拆迁协议书上重重地摁上了鲜红的手印。

母亲前一天在电话里说好,让我和弟弟妹妹几个趁周末休息回家帮忙搬家,大家车拉肩扛收拾完主要的物品后,在主屋和厨房的巷口发现有一堆锈迹斑斑的废铜烂铁,这些大部分是父亲当初用过的工程工具,看着这些被时光遗弃的工具,我们姐妹几个不由得热泪盈眶。在那个年代,许多人家吃饭都成问题,父亲带着这些工具、设备走南闯北,用辛勤的汗水浇灌出了一个幸福而温暖的家。

父亲与水打了一辈子的交道,在那个家家户户挑水吃的年代,父亲解决了很多人家吃水难的问题。在那个缺吃少穿的年代,父亲总是不忘去接济那些吃不上饭、看不起医的村邻。遇到讨饭的上门,父亲总是让家人多给点。他常说,人家不到万不得已怎么会出来要饭。父亲写得一手好字,每年过年,从年三十的前一天开始,来请父亲写对联的人络绎不绝,父亲常常忙得年夜饭都顾不上吃。为此,母亲会叽咕几句,父亲说难得大家看得起才来找的。我长大后,再到过年也可以帮父亲写些简单的贴在厨房、猪圈上的对联,记得最清楚的是为一家厨房写的对联——天天大米饭,顿顿小鱼汤。这是我和父亲共同的杰作……关于父亲,有太多的记忆深深地刻在我们的脑海里。然而，就在20世纪90年代末那个万家团圆的日子，父亲永远地离开了我们，也离开了他一生钟爱的事业……

问母亲该怎么处理父亲的遗物，母亲说全部带走，家里没地方放，也没人继承父亲的旧业，到时候不如留一件小的，做个纪念，其他的都卖了，说不定会让它们重获活力，后来弟弟挑选了一把小扳手带在身边。搬清东西，推土机已在后面拆除房屋。当我和母亲再次返回时，我们的家已经面目全非，遍地的瓦砾，一根根横七竖八的房梁被随意地扔在一边。一根写着红字的中梁在那一堆房梁里，显得那么刺眼，烈日下却有一种凛冽的气息。我和母亲一下子惊呆了，这堆承载着我家30年时光的房梁，岁月在它们身上留下了一些痕迹，但它们笔直如初。这一堆，除了写有字的中梁，其他已分不清各自在房屋的具体位置、承载着怎样的重量。但它们30年来都在各自的岗位上履行着职责，是真正缺一不可的中流砥柱，它们没有因为位置的不同而有过任何怨言。

如果说这根有着30年历史的中梁象征着一家之主的父亲和母亲，其他的梁柱就应是子女了。在人生的长河中，30年不算长，也不算短。一个村庄，一个家庭，在其间经历了多少日升月落、婚丧嫁娶、人世更迭，无尽的温暖与悲凉流淌不息。我们在这里成长，从这里走出去，经历了那么多不能言说的挫伤与短暂的满足，但内心最柔软的地方仍然是这熟悉至极的老屋。是的，无论我们走多远，都走不出这块藏着记忆与埋着亲人的土地。我想把这根带着父亲温度的中梁带走。母亲说："那么大，那么沉，没有车辆根本拿不出去啊！"无奈，我用手机拍下了那根写有"福禄寿喜财"的中梁。多年过去，我常常在梦里见着那根中梁。我想不管它在何方，都会毫不逊色地成为最重要的那一部分。

山花慰故人

炎热的盛夏，挡不住我们对文学的向往。山东文学院第20届作家高级研讨班在济南拉开序幕，42名来自不同地方的文友在此相聚。研讨班在济南大青山一个典型的山东四合院举办。晴朗的树林旁边，有几栋这样的建筑毗连。去的那天，大道两边各色的蜀葵争相斗艳。

上午学习，下午讨论，这种授课与对话相结合的形式我很喜欢。我虽很少写诗，却不妨碍我对诗歌的热爱。西边的大青山有三五百米高，下午三四点钟，山的阴影就会投射过来。晓晴同学说，周围都是平地，突然出现这么一座山峰，又在北京和上海的南北航道线上，会不会发生撞机事件？她的担心是对的。上课到第二天下午，山东的同学就告诉我们，1931年11月19日那天，由于山东下雾，载着大诗人徐志摩的飞机失去高度，一头撞在了大青山另一座山峰开山的南麓。

闻听此事的我们深觉悲凉、沉重。没想到这次学习的地方，离大诗人遇难处这么近，一个山南，一个山北。若是绕到山南边，得十五分钟车程，能不能从大青山山顶直接翻越到南边？当地人告诉我们，大青山山体像刀削般，根本无法下到山脚。同学们积极要求去拜望这位曾经的文坛巨匠、学界翘楚。老师们也表示同意，特别抽出下午的课后时间，组织大家打车前往山南。

山南是另一番景象：庞大的建筑群，发达的现代化设施。人们为了纪念徐志摩，怕他孤单，在他遇难的地方建立了山东工艺美术学院。

徐志摩为了赶到北平参加林徽因的建筑讲座，当天上午搭乘从南京到北平的"济南号"邮政飞机，飞机触山坠落，徐志摩去世时年仅35岁。开山不算什么名山，甚至连它的名字都叫法不一，有当地百姓叫它大青山、北大山、西大山等。这座山直到20世纪30年代才有了正式的名字。山不高，海拔200多米。也许是徐志摩长眠于此，才使这座山有了不一样的意义。

　　大家心情沉重，来时匆匆，竟忘了带束祭拜的鲜花。山路两旁有一种不知名的植物，开着淡紫色的小花，仿佛知道我们要来，此时开得正艳。同行的本地同学说，这叫荆花，也叫紫荆，是本地山上随处可见的山花之一。随手采上一束，在山东工艺美术学院一位漂亮女老师的带领下，我们来到徐志摩失事的纪念碑前。纪念碑立在开山的半山坡上，两块不起眼的纪念碑，与声名远播的新月派代表诗人的身份相去甚远。其中一块纪念碑刻着由著名诗人牛汉题写的"徐志摩纪念公园"，另一块则是浙江省海宁市有关部门所立的碑，上面刻着"志摩，家乡人民怀念你"，背后是徐志摩的生平简介。从模糊的字迹看出两块石碑分别立于 2006 年 2 月和 2007 年 11 月，碑前杂乱堆着一些石头。同学们把在路边采摘的山花分别插在先生的纪念碑前。右边"徐志摩纪念公园"的纪念碑前有个干瘪了的苹果，我猜测可能是志摩先生的崇拜者为祭奠而来时，像我们一样，忘了带件像样的祭品，后来这随身带的苹果，就权当祭品了。

　　为了表达对先生的崇敬之情，在轰隆的声响中，我们朗诵了《再别康桥》：轻轻的我走了，正如我轻轻的来；

我轻轻的招手，作别西天的云彩……我挥一挥衣袖，不带走一片云彩。

发自内心的尊崇，让安息在此的一位诗人，感受到文字飞扬千古的魅力，诗行中虽没有林徽因，然知音者众，一代大诗人必不寂寞。

徐志摩一生追求"爱"，生命中的三位女性，为他带来不少创作灵感，亦断送了他的一生。可以说女人是他一生文学成就的灵感与源泉，也是他一生悲剧的根源。和他有着斩不断的情愫的三位女性，他最爱谁呢？多年来，每当读他的诗，总会忍不住胡思乱想，我想应是林徽因了。为了她，他与张幼仪离婚；他的死，也与她有联系……徐志摩死后，梁思成从出事地点捡回一块飞机的残片，林徽因一直保存在自己的房间，直到生命的最后。

山头和山脚葱翠茂密，花草树木们或许并不知道此地长眠着谁，更不知道那位民国第一才女林徽因梦里又到过此处几回。人生苦短，意外先来，可惜了这位由天地孕育出的天才诗人。想当年泰戈尔来到中国，徐志摩和林徽因他们俩陪伴左右，就连泰戈尔都看出了他深爱着她，泰戈尔感觉遗憾，还写了首小诗相赠。这两位或许得了泰戈尔的灵气，写诗功底和想象力都很了得。他们是参透了万物和心灵之间的奥秘的,从星子到月圆,从隐秘到乡思,一缕细烟、一蓑烟雨皆能成诗。

徐志摩带着对林徽因的爱慕去了另一个世界,却留下林徽因带着对他的记忆和眷恋在纷乱的时代背景里奔波、逃难,是去了的好,还是留下的恼?才子佳人绝世无双,如今都不在了。

太阳行走到西边的位置,同学们这才怀着憧憬和惋惜的心情下山。山花烂漫,丛林清幽,这一去,不知道何时才能再来祭拜。恰好遇到"徐志摩纪念公园"正在修建中,几个工人和一台机械正有条不紊地忙碌着。文化和文化名人的效应被当地抓住。人们对这位悲情才子的怀念,还会继续下去。相信下次再来,这里又是另一番景象。山脚下庞大的建筑群就是山东工艺美术学院,相信在这里求学的学子们能得一些徐大诗人的灵性和对美的感知。徐志摩用文字作画,学生们用画笔作画,画出美好与真诚,诗中和画里明艳的色彩、浪漫的情怀从这里出发,再去感动更多后来的人。

运河北上

我读《北上》是在《北上》荣获茅盾文学奖之后，是与徐则臣老师认识很久之后。徐则臣和淮安有着不解之缘，他在我住的城市生活过、学习过、工作过，还写了好多关于淮安的文章，但是我第一次和他认识却是在山东。那年炎热的夏季，读书班安排在一个位于四面环山的山坳里的青少年培训基地，每天除了吃饭、睡觉，就是上课。出入不便，静下心来读读书、写写东西倒也挺好。课后，夏日的晚上，到小树林里找知了成了同学们最开心的事。安排来上课的老师都是国内著名的大咖，徐则臣先生的课很受同学们的喜爱，徐老师虽然和同学们的年龄差不多，但是上起课来有满满的干货。那时他的《北上》已经出版。与他第二次见面是他回淮安时，因为有了第一次的认识，在他回淮期间我们安排了一场文学讲座。这时，他的长篇小说《北上》获得了第十届茅盾文学奖。

　　《北上》以运河为背景创作而成，作为淮安人值得一看。夏天出门一身汗，躲在室内读书是最好不过的了。《北上》以三十多万字的广阔篇幅来写一条流贯南北、穿越历史的京杭大运河，写一百多年前来自意大利的兄弟俩各自穿河北上所看所闻所亲身经历的中国。

　　小波罗（意大利名为保罗·迪马克）和弟弟（费德尔·迪马克）怀着对马可·波罗所书写的美好中国的期待，先后来到中国，他们与同船的谢平遥、邵常来、孙过程和中国女子秦如玉，从无锡、常州、镇江、扬州、淮安到济宁、天津，从摇晃的运河行船到运河两岸，经历与见识了烟花柳巷、船闸人家、兵马劫匪、纤夫官员，遭遇了人生所能遭遇的一切，将一个想象中的马可·波罗所书写的中国，转化为身体力行、耳闻目见、鲜活生动的中国。随着时间和历史的流淌，意大利兄弟俩一百多年前的同船者、遭遇者，也繁衍出了各自的后代，即邵秉义、邵星池、谢望和、孙宴临、马思艺、胡念之、周海阔等。在各自的命运中，演化出新世纪运河边上与河流结缘、行走生活并关注河流的现代故事。《北上》中，河流不仅是故事发生的空间，也是与人物性格、命运发生密切关系的文化焦点。意大利人小波罗怀着对中国的美好想象，雇船沿运河北上；弟弟费德尔坐船参加联军攻打北京；邵秉义、邵星池父子俩是运河船夫；谢望和做运河电视节目《大河谭》；周海阔收集运河文物，在运河边开旅馆；胡念之对运河进行考古：这一切均与运河息息相关。

  以三十多万字的皇皇篇幅，书写一条大河，拉开了一百多年历史的宏大视野，使河流与一百多年来中国的命运、现代中国历史产生一种密切的关系，在人物命运、河流和历史的交互关联中，故事性得到鲜明的彰显，现代中国历史也因此与运河彼此互动共生，散发出长篇小说的深远思想内涵。小说首先呈现的是运河的漕运衰落史，落点在1901年，古代中国向现代中国巨变的前夜。暗流涌动中，谢平遥所任职的漕运机构有了斑斑点点的时代巨变迹象；小波罗北上航船过闸涉及戊戌变法事宜；谢平遥一直关注与阅读龚自珍的诗集；小波罗的弟弟费德尔参加八国联军，西摩尔从天津进攻北京，义和团起事；八里台之战与聂士成之死；抗日战争中秦如玉之死，费德尔·迪马克更名为马福德,大灭日本兵;20世纪六七十年代,孙宴临的小祖父因拍照被判刑;改革开放的机动船只。所有现代中国人绕不开的大事件,并应与之产生命运呼应转折的重大事件几乎皆在小说中出现,历史及其核心事件由此呈现出与我们脉搏跳动一样的声息。谢平遥与小波罗的相遇、经过船闸时的遭遇、运河行船时的劫匪事件、费德尔·迪马克与秦如玉的爱情等,都因不同的历史事件而起。《北上》中,作为一种比较视野的保罗·迪马克、费德尔·迪马克这两个意大利兄弟,与谢平遥、邵常来、孙过程、秦如玉等中国大地上出生成长起来的中国人,互为比较。对谢平遥来说,以清末翻译工作为业,经常接触外国人,在小波罗(保罗·迪马克)这个外国人身上发现了人的多重性,这个意大利人既对中国感到好奇,又有着"欧洲人的傲慢和优越感"。而在小波罗带着马可·波罗式的浪漫中国想象中,他对运河、对中国的笔墨方式、对中国大地上的一切都充满好奇,他给中国人拍照、与船夫聊天、和中国官员接触,在和中国人的朝夕相处中,深切地感受着一个"老烟袋味"一般的古老中国。不仅如此,他丝毫不掩饰自己人种的异质性,愿意被中国人观看。互为他者的小说形象形成了小说内在的文化间离效果。在小波罗雇用谢平遥作翻译、邵常来做饭的北上同行中，他们走过船闸、访问教堂、走进官府、落入妓院、经历劫持、偶遇平民，为故事营造出丰富多元的文化意蕴。

徐则臣借助两个意大利人的视角来审视中国，他不得不接受一个远离了中国这个本真写作身份的挑战。这要求作者必须跳出中国来讲述中国，将两种观念和经验不断比较，进行恰当运用；需要作者跳出中国历史来审视京杭大运河，不断以两个意大利人的世界运河经验来重新观照京杭大运河。小波罗经常以意大利的运河感受穿梭审视着眼里所看、耳中所闻的一切，由此审视着中国，使这条大运河充满无限的文化与历史意蕴，无论其是兴盛还是颓败，都是生动的20世纪中国故事。

《北上》较独特的小说写作方式还体现在对摄影这一现代工具性艺术与运河历史故事之间的对照式处理上。小波罗、孙宴临的摄影行动，孙宴临的摄影课程，摄影家郎静山的作品的介入，不仅映照着京杭大运河的文化与历史，也映照着20世纪中国社会历史的变化发展。摄影是一门依赖技术的艺术行动，"摄影实践的蓬勃兴起构成了当代社会一个具有大众性的文化现实"，照片所摄取的人物、风景安慰了因时间流逝所形成的悲伤，也在后来者的生活中承担着复活记忆的纪念功能。对摄影者而言，可通过即时瞬间的获取，满足自我的见证与历史记录的实现。然而，对近现代中国而言，摄影的这些功能与意义是完全意外的事物。当小波罗在运河边美丽的油菜花田里，准备给一些底层民众拍照时，却遭遇了不愿被拍的中国语境。摄影机器对人像的摄取与前现代手绘成像形成了反差，摄影机器对于近现代社会的中国底层民众来说是一种令人恐惧的灵魂摄取者，而非具有纪念与自我形象认知功能的工具，最后一个受刑的民众以誓死的姿态接受了拍照。对小波罗而言，摄影具有另一种旅游休闲的意义，他上下左右地拍照，与前现代中国民众对摄影的拒斥构成了相当大的文化反差。摄影在中国的前期遭遇及其与西方文化的反差有着中西不同的工具语境和裂隙，这种裂隙直到孙宴临这个新世纪摄影家这里才日益消弭。当孙宴临对邵秉义父子的渔民日常生活进行记录时，摄影行动的双方达成了内在的和谐，也由此记录了运河的日常生活，并因此引起了谢望和的关注。作为日常生活记录并艺术化的摄影行动，孙宴临实现了摄影的现代意义。在孙宴临和小波罗之间，则有孙宴临小祖父因摄影获罪、郎静山摄影获得经典化的另一种遭遇。祖籍淮安的郎静山是当代摄影界的艺术大师，其在书中的出现让作为家乡人的我读来倍感亲切。从孙宴临追溯到小波罗，摄影构成了小说中另一条比较式的叙事线索，以一种跨学科介入小说叙事的方式推动了《北上》多重意蕴的生成。

三十多万字的《北上》读得我昏天黑地，当读完最后一页，我仿佛跟着故事中的人经过了一段百年历史的穿越。

外　婆

　　小时候，我不像今天的孩子那样，有那么多好玩好看的玩具，也没有什么娱乐活动，还要照看弟弟妹妹。我最大的喜好，就是听外婆讲故事。外婆是连云港人，讲着一口"海国腔"，很好听，又很会讲故事。那时候，我的家乡还没通上电，更谈不上有电视可看，到了晚上，吃完饭就上床睡觉。小孩子，哪能那么早就睡着？所以，每次外婆来我家，晚上我们就缠着她给我们讲故事。外婆的故事很多，听了一个还想听一个，那时候觉得外婆很了不起，在诸多故事中，至今还记忆犹新的，是她老人家讲的《狼外婆》的故事。

在外婆的故事中，长长的夜晚似乎变短了许多，外婆绘声绘色地讲述着，我们带着狼外婆的故事进入梦乡。故事里，印象最深的是，狼外婆把小朋友的脚指头吃了，每次听了以后，都害怕第二天醒来自己的脚指头不在脚上了。外婆的故事伴随着我们长大，而外婆却已经离开我们二十年之久了。

在我的记忆中，外婆一向很乐观，后来，在母亲的零星回忆中，我知道了外婆许多不为人知的故事。

外婆出生在那个人吃人的旧社会，父母早逝，家境贫寒。穷人的孩子早当家，待到外婆十几岁的时候，家务活里里外外没的说，她生得虽不算太漂亮，却也中看，过日子也是一把好手。这时，外婆却被坏人看上抢走，关在一座废弃的房子里，等着择日成亲。后来，一位好心人偷偷地送进来一把菜刀，外婆凭借这把菜刀，硬是把墙挖了个洞，从洞口逃了出来。在伸手不见五指的漆黑夜晚，外婆漫无目的、拼命地跑着，天亮时，已经跑到了百里以外的地方。此时的外婆，身无分文，饥寒交迫的她，只能靠要饭为生。

后来，外婆遇到了我外公，便嫁给了他。外公在村里任一点小职，平时忙外面的事情，家务活全落在外婆的身上。为了全家好几口人的生活，外婆任劳任怨，从不叫苦，就连生孩子都不能好好坐个月子。听母亲说，外婆生完我二姨的第三天，就挑着两大桶卤水去几十公里外的地方售卖，她像大多数旧时的中国妇女一样，为了全家的生计，努力地付出。

从我记事开始，外婆的身体就不是很好，常年吃药打针，这也许是年轻时落下的病根。外婆有五个孩子，但她最喜欢到我家来。在我家，母亲为了不麻烦医务室的医生，自己学会了为外婆打针。

改革开放后，农村分田到户，我家的日子也有了好转。外婆一家的生活由我父母补贴得更多一点，外婆的身体也比过去好多了。听说我工作了，外婆比谁都高兴。一次，她听母亲说，我星期天要回老家，那天一大早，裹着小脚的外婆，步行十多里路来到我家看我。正常人走上那么远的路也累得够呛，对裹着小脚的老人来说，是多么不易。直到今天，想到这件事，我心里一直觉得亏欠她老人家。

让我没想到的是，那一次的见面竟成了永诀，她选择了自己的受难日、母亲的生日那天，永远地离开了我们。最难受的还数我的母亲，为了避免在以后每年的那一天悲喜交加，经过全家协商，从那以后，把母亲的生日提前一天过。

外婆去世多年了，我只知道外婆来自有海的地方，但是我从没去过她的老家。在母亲一次次的回忆中，我的脑海里有了外婆老家的模样。去年，我决定陪母亲回一趟她的外婆家。在外婆的老家、母亲的外婆家，我们见到了母亲的表哥们，听他们讲述着外婆小时候的故事。在他们的家后面，流淌着一条有着上百年历史的小河，外婆小的时候每天会在这河里担水、洗菜、洗衣。我提出要去看看这条小河，表舅带着我们来到小河边，小河年久失修，再加上庄上人的一点点侵占，只剩下一个不到一百米长的河塘，河塘里的荷花开得正艳，两只蜻蜓旁若无人地在荷花和叶子之间翩翩起舞。河塘对岸有几个小女孩在戏水，看到她们无忧无虑的样子，我的眼睛一下子湿润了，多么希望外婆小时候能和她们今天一样快乐……

回来后，这样的画面不止一次地出现在我的梦中，我想，如果有来生，外婆一定还会成为我们的亲人。

室 友

    细细数来，从上学住校到工作这么多年来在一起住过的室友，少说也有几十个吧。但真正在心里留下痕迹的又有几个呢？自从加入文学组织，参加各类文学活动多次。每一次学习，不仅结识了新同学，还提升了文学创作的能力。当然了，还认识了一些新的室友。记得2003年在江苏省作协参加学习班，学习、住宿安排在中山植物园，室友是连云港的娟，我们在一个屋檐下同住了十多天，结下了深厚的友谊。她以写散文见长。她的文字和她的名字一样娟秀。多年来，虽联系不多，但我常想起她，有一次去她住的城市出差，她带着她的先生一起来看我，还拉我出来吃夜宵。一直遵循过时不食的我,那天破例吃了海边城市的特色烧烤,吃完又去欣赏了海边的夜景。一直以来,一想到海,就想起住在海边的她。时光匆匆,我愿好友一切安好。

去年又一次参加江苏省作协的学习班,和曾经的中学同学兼室友虹又一次成了同学和室友,因此无比欣喜。和虹同在一座城市多年,还曾经同住过一个小区,号称是一个"生产队"的。因离得近,我俩常约着晚上一起散步,一起喝茶、吃饭、聊天,谈文学以外的八卦,走动相对多了一些。两年前,她因孩子上学搬离了,我也"喜新厌旧"换了住处。虽然在一起的时间少了,但这丝毫不影响我们对彼此的关注。她每天在干什么,我都能从她的朋友圈得知。前几天,她组织了一次农业采风活动,算是吃货的我马上跟帖,请她带一些农产品回来。

今年9月,又一次去江苏省作协学习。巧的是,敏也去了。和敏认识十多年,我们都是文学爱好者,共同的爱好把我们联系在一起。我们的名字和作品常出现在同一张报纸的版面上。这一次,我们顺理成章成了室友,她比我小一点,但她却比我会照顾人,每天醒得比我早。烧水、洗水果的事基本都是她干,我也很享受她的这份关爱。多年来，我一直关注着她的文字，她的文字有一种和她的年龄不相符的成熟、厚实、大气。对她的关注，还有一个主要原因，我们都是来自被戏称为"天边海外"的地方。我俩有许多相同的生活经历，父亲过早地离去，让我们懂得了生活的不易，所以倍加珍惜所拥有的一切。她从最初的区报记者成长为后来的区报负责人。对她今天取得的成绩，我非常敬佩和欣慰。学习期间，她的母亲来电说，弟弟装修要5万块钱……她一定是家里的主心骨。上课、吃饭、睡觉、谈文学，闲话家常，一周的学习很快结束，同时也意味着室友生活的结束。学习期间生活非常简单，身心得到了彻底的放松，似乎自己又离文学更近了一些。学习归来，又投入了忙忙碌碌之中，但文学的梦还在继续做着。

闺　密

炎热夏季,是在家避暑的好时候。《我的前半生》电视剧正在热播,好友荣在家追剧,深有感触地发来微信说:"里面的闺密情让人好感动,这么多年来我一直忙于家庭孩子,对你关心很少,很惭愧。"一向不喜欢追剧的我,看到荣发来的肺腑之言,很感动。

和荣算是发小,中学一个班,多年来相处如姐妹。工作后,她从农村小学调到城里,工作、结婚、生子,女人该有的她都一一按部就班。老公对她疼爱有加,孩子聪明可爱,在同学中她是最幸福的一个。这些年,虽然同在一个城市,由于都忙,也难得见面。有时候约上也就逛逛街、聊聊天，她聊得最多的是孩子、老公，友情就在这样看似俗气却接地气的环境中滋长，人生能有这样的闺密倒也幸福。

我曾经在县里工作过几年，认识了不少同性朋友，大家相处得都不错，因为生活和工作关系，我和君相处得更多一点，也称得上是闺密，我们俩常常同居一室促膝长谈，无话不说，分享着自己的工作、生活中的诸多琐事，讨论美容、美食、娱乐八卦、时政财经。前些日子，她的身体有点小恙，她第一时间告诉了我，我一边安慰她，一边帮她在市里找最好的医生复诊，直到专家说没啥大碍，我才算放心。多年来，似乎从没有惊天动地的大事，却在平凡的日子中相互温暖彼此。

也许，女人之间真正相知的友谊一般都要经历时间的积淀，然后才会发现，无论你曾经多么美、多么有名、多么有钱，都不重要，重要的是相互扶持，面对共同的命运。所以，闺密有时也像夫妻，维持长久的不一定三观相投、行动默契，而是心底对彼此存有的那份厚道和善意，正如张爱玲的那句话：因为懂得，所以慈悲。闺密之间，能走一程，便感谢这一程的陪伴；能走一生，那既是情分和缘分，也是运气和造化。最重要的是，看得进闺密过得比自己好,并真心地为她鼓掌,这是善良与豁达,也是友情和生活中真正的通透。

　　一天在微信上读到一篇关于闺密的文章,有段话记得很清楚:"对于一个男人的身体健康来说,最好的事情之一,就是结婚,有一个家庭;而对于一个女人的健康来说,最好的事情之一,却应该是建立和培育她和女友之间的友谊关系。女人和女人之间有着不同的互动的关系,她们互相提供支持,帮助对方应对压力和生活中的困难体验,直到有一天发现,真正走进自己内心、给予最踏实的帮助与感动的都是女人。"

伞

雨滴轻敲，伞下世界静谧如诗。

伞，这小小的庇护所，是生活中不可或缺的伴侣。它伴随着我们走过雨季，也陪伴我们在炎炎夏日寻找一丝清凉。

雨，总是不期而至，仿佛是天空的泪水，洒向大地。而伞，便是那把温柔的手，轻轻撑起一片天空，为我们遮挡那些细碎的忧伤。伞下，我们不再担忧被雨淋湿，可以尽情地聆听雨滴敲打在伞面的声音，那是一种清脆而悦耳的旋律，如同大自然的琴声，悠扬而深远。而在炎热的夏日，伞又成了我们抵御阳光的盾牌。阳光透过树叶的缝隙，洒下斑驳的光影，热浪在空气中翻滚。此时，一把伞，便成了我们心中的清凉剂，让我们在炎炎夏日中找到一丝宁静。

伞，不仅仅是遮风挡雨的工具，它更是一种情感的寄托。当我们孤独时，伞可以为我们遮挡风雨，让我们感受到一份温暖；当我们快乐时，伞可以为我们遮挡阳光，让我们在阳光下尽情欢笑。

伞，见证了我们的成长。孩童时期，父母为我们撑起一把伞，保护我们免受风雨的侵袭；成年后，我们为自己撑起一把伞，独自面对生活的风雨。伞，成了我们成长的见证，也成了我们心中那份坚定的信念。

在这个快节奏的时代，我们常常忽略了身边的美好。而伞，这看似普通的物品，却承载着无数人的情感与回忆。它让我们在风雨中感受到温暖，让我们在阳光下感受到清凉，让我们在人生的道路上不再孤单。让我们在伞的庇护下，感受生活的美好，品味人生的酸甜苦辣。伞，这把小小的守护者，将永远陪伴在我们的身边，见证我们的成长，陪伴我们的岁月。

你留下的那把伞，静静地躺在我的车上，仿佛是一个被遗忘的旅人。它曾是我生活中的一部分，如今却成了我心中的一抹忧伤。那是一个雨后的傍晚，你匆匆离去，留下一把伞在车上。伞面破旧，边缘已经磨损，伞骨也有些变形。我本想将它扔掉，但终究没有。那把伞，承载着你的气息，让我无法轻易割舍。岁月如梭，你从我的生活中悄然离去，而我却依然守着这把旧的伞。它成了我心中的一颗朱砂痣，提醒着我曾经的美好。

每当雨季来临，我总会不自觉地望向那把伞。它仿佛在诉说着你的故事，让我回忆起那些曾经的点点滴滴。那些日子，我们一起走过，一起分享风雨，一起度过无数难忘的时光。那把伞，见证了我们曾经的欢笑和泪水。它曾是你为我遮风挡雨的守护者，如今却成了我心中的一把钥匙，开启那段美好的回忆。你的离开，一定是为了更好地归来。但那把伞，却成了我心中永恒的牵挂。它让我明白，有些东西，即使破旧，也值得珍惜。

岁月流转，愿那把伞，能为你遮风挡雨，守护你的幸福。

保质期

每当收拾家务,总会丢掉一些过期的食物,如生活中的米面油。留着无用,丢了可惜。常会因此让自己陷入自责。其实在岁月的长河中,任何东西都是有保质期的。亦如生活中的米面油,如同时间的刻度,提醒着我们珍惜每一刻的拥有。

米面油,它们是家的味道,是生活的必需。从田间地头的辛勤耕作,到厨房里的精心烹饪,它们承载着农民的汗水,也寄托着家人的期盼。然而,再珍贵的食材,也有其保质期。一旦过了那个期限,再美味的佳肴也可能变得索然无味。

人与人之间的缘分，亦是如此。它始于相遇，盛于相知，衰于相忘。从陌生到熟悉，从相识到相知，在这漫长的旅程中，彼此陪伴，共同成长。然而，这份缘分，也有其特定的保质期。有些人，如同清晨的露水，短暂而美好。他们在我们的生命中留下了一抹亮色，却终究无法长久。有些人，则是那陪伴我们一生的阳光，温暖而持久。他们在我们的生命中，如同米面油一般，不可或缺。

　　缘分，有时像是一杯茶，初泡时清香四溢，随着时间的推移，味道逐渐淡去。但即使如此，那份淡淡的清香，依然留在心底。有时，缘分又像是一杯酒，越陈越香。那些曾经的欢笑与泪水，都成了我们宝贵的回忆。我们无法预知缘分的保质期，也无法阻止它的流逝。但我们可以用心去珍惜，去呵护。在缘分即将到期时，不妨多一份留恋，多一份感激。即使最终要分别，也要让那份美好的记忆，成为我们人生中最美的风景。

　　正如米面油在保质期内，我们要用心烹饪，让每一餐都充满爱意。人与人之间的缘分，我们也要用心经营，让每一份情感都充满温暖。因为，在这个世界上，最美好的事情，莫过于与那些对的人，共度一段美好的时光。当岁月流转，当米面油的保质期悄然过去，我们依然可以回味那曾经的美好。而人与人之间的缘分，即使不再新鲜，那份深厚的情感，也会成为我们心中缘分的保质期。

我们在这世间匆匆而过，与无数人相遇、相识、相知。曾经，我们以为彼此是命中注定，是那个能携手共度一生的人。然而，随着时间的推移才发现，原来缘分也是有保质期的。它如同新鲜的果实，在特定的季节里散发着诱人的香气，一旦过了那个期限，便开始逐渐枯萎。那些曾经无话不谈的朋友，如今却因为生活的忙碌而疏于联系。那些曾经深爱的恋人，也可能因为种种原因而选择放手。

那是一个阳光明媚的午后，独自漫步在门前的林荫小道上。微风拂过，树叶沙沙作响，仿佛在诉说着岁月的故事。回想起那些曾经陪伴在我身边的人，那些温暖的笑容，那些深情的拥抱，如今却已渐行渐远。

那个曾经让我们心动、让我们愿意为对方付出一切的时刻。在那个时刻，我们愿意放下自己的骄傲，去倾听对方的心声；我们愿意放下自己的固执，去理解对方的想法。然而，随着时间的推移，我们开始变得成熟，开始学会独立，开始追求自己的梦想。

人与人之间的缘分，亦如米面油般，有其特定的保质期。它始于相遇，盛于相知，衰于相忘。有些人如晨露般短暂而美好，有些人如阳光般温暖而持久。这份缘分，如同茶香渐淡，又似酒香愈陈，无论其保质期长短，那份淡淡的清香或醇厚的香气，总会留在心底。在这个瞬息万变的世界，我们无法预知缘分的保质期，也无法阻止它的流逝。但可以用心去珍惜，去呵护。在缘分的保质期内，让我们如同烹饪美食般，用心经营每一份情感，让每一刻都充满爱意与温暖。

正如米面油在保质期内散发着诱人的香气，人与人之间的缘分，即使不再新鲜，那份深厚的情感，也会成为心中永恒的保质期。我们在这世间匆匆而过，与无数人相遇、相识、相知，又相忘于江湖。那些曾让我们心动、愿意为对方付出一切的时刻，那些放下骄傲、倾听心声的瞬间，都将成为我们人生中最美的风景。

有人说，缘分是天注定的，我们无法改变。但我相信，缘分也是可以经营的。我们可以用心去呵护它，让它在我们心中永远保鲜。即使它最终会过期，我们也可以在它过期之前，尽情享受那份美好。

在这个瞬息万变的世界里，我们无法预知自己的缘分会持续多久。但可以珍惜每一个相遇，珍惜每一个相知，珍惜每一个相守的瞬间。即使最终我们不得不放手，至少我们曾经拥有过，曾经爱过。

保质期，或许就是那个让我们铭记一生的瞬间，提醒我们珍惜眼前人，珍惜每一个与我们擦肩而过的机会。让我们在缘分的保质期内，用心去感受、去珍惜、去创造属于我们的美好时光。

致即将中考的你

时间过得真快,从与你相识、结为母女,到昨天参加你初中阶段最后一次家长会,已6年之久。你从瘦弱的小女孩,成长为今天与我一般高的美少女。

6年前的寒冬,我曾工作过的地方政府让我与你结对,满腹忐忑与期待中,我成了你的"党员妈妈"。记得那天在县、镇组织部门工作人员的陪同下,我去学校与你初次相认,那个瘦弱、眼神犹疑、手上长满冻疮、比同龄人矮一截的小女孩就是你。旁人让你叫我,我期待着你叫阿姨,而你竟怯怯地走上前轻声唤我妈妈。那一刻,我的眼睛湿润了,激动、羞涩,更感责任在肩。我还没完成做母亲的使命时，却先做了你的妈妈。在场的人都有些意外，我深知你已很久没叫过妈妈这个称呼了。你的爸爸英年早逝，妈妈离家至今杳无音信，我不敢想象幼小的你那柔软的内心里承受过怎样的创伤！也是从那一刻开始，我用灼热的目光告诉你——你不再是个孤儿。

我全心全意做好一个母亲：6年来，你的每个生日，我都用祝福和鼓励见证你的成长。与其说我们是母女，不如说我们是密友。小学五年级你第一次来我家，你体质不好，坐车时会晕车，吐了一路。回去时，我有事没能亲自送你，你坐了好友的车，同样吐了一路。那段时间你看到车就紧张，我鼓励你克服心里的恐惧，很快你在适应中找到了自信。上中学后，你到县城住校，一次我去宿舍看你——每个人都有自己的柜子，我让你打开，你犹豫后还是打开了，里面除了简单的生活用品，找不到一点零食，我看后心里酸酸的。这是我这个母亲做得不到位，我立即带你到超市买了好多你爱吃的零食。后来，我再去看你时必定带些零食给你，你并不看重这些，每次见面首先让我给你买书。每次到家里来，你都会从我的书橱里拿走一些书，我虽惜书如命，但面对你晶莹的目光，我却愿意割爱。每次和你逛书店，你选的书总比我多，这一点真的让我欣慰。记得第一次见面，除了几件新衣，我还特地选了几本书给你。我的散文集你读得最认真，内容记得比我还清楚。日积月累，你书读得多了，见识渐广，有了自己的思想，每次见面，你都会滔滔不绝地说给我听。

　　去年暑假，离你初中毕业还有一年，我琢磨着该和你谈谈理想。我一开口，你就说对管理工作感兴趣。我没打击你的积极性，轻声问你是不是班干部，你说不是。又问你是不是小组长，你摇头。再问你在班级的排名，你说中等偏上……我又追问，是否主动帮助过其他同学，你肯定地点头。我说做管理者，首先要团结同学，尊重师长，你在某学科老师的课上不愿举手发言，是一种对老师的不尊重，你的成绩只是中等，按目前情况考上好学校不太容易。管理者不仅要成绩好，德智体还要全面发展。

　　这次对话对你触动很大，从你的进步中我也同样获得了勇气。你从最初入学的全县千名之外，到初三第一次家长会就进入全县400名，再到今天的全县346名、年级93名。老师告诉我，你上课时开始踊跃发言，一次在校园无人关注的情况下，你捡到几百元钱后主动交给了老师，老师在全校表扬了你，这事你都没主动跟我说，我真心为你骄傲！

上次家长会后，我再次与你谈论你的未来，我们达成共识，选择专业学校。在填报志愿书的"家长"那栏，我庄重地签下了自己的名字。我知道以你目前的成绩能考上四星高中，但因情况特殊，我更希望你早一点回报社会，做个有爱心、对社会有用的人。

亲爱的孩子，中考在即，愿你从容面对，自信拥抱理想。请你相信，妈妈一直都在，用真心与暖意守护着你，直到永远。

残缺之美

2005年的春晚，一支《千手观音》舞蹈，至今让我难以忘怀。一只只年轻的手臂，时而整齐划一，时而舒展自如，时而气韵生动。姑娘们相互协作，似天女下凡，像莲花盛开，如佛语梵唱。女孩们进入化境的舞蹈动作编排，带领观众进入奇妙的圣境。手臂随着乐曲舞动，在四个多小时的晚会中，记忆却定格于这一时段。过后才知道，她们是特殊的舞者，能跳出这样如仙人降世的舞姿，更加难得。由无声世界里的人们带来的舞蹈《千手观音》，引发的是5分54秒全体屏息的安静，以及此后长久的赞誉和惊叹。

在往后的日子里,我不止一次回味着舞者的美。上天夺走了她们对声音摄取的能力,却把曼妙的身段和用舞姿说话的特长给了她们。小小的花从尘埃中探出嫩芽,到成长再到绽放,中间需要经历多少黑暗的等待和难熬的痛苦?听不到音乐,却能按节奏起舞,这需要多出常人多少倍的艰辛和面对多少次枯燥的反复?越难得,越要珍惜,越令人着迷。因此,我深深沉醉于这种不可想象不可求源的美丽,试图挖掘她们绚丽的往昔。然后,蓦然回首,一边是翩翩而至的蝴蝶,一边是烈日、风霜、雨雪。将这两种生命形态拉至眼前,禁不住黯然泪下。这不可解释的一切包含着多少难以诉说的风花雪月、悲欢离合,包含着多少沧桑世事中永恒的感伤和无垠的苍凉!

无声的她们将美好在世人面前绽放,其中包含鲜活的生命和日日夜夜的求索、抗争、希冀、努力。她们似在无声地教导我和其他人,决不用抱怨和认命的态度生活,要通过自己的刻苦弥补缺憾。

好的艺术形式,不但能给大众带来美的享受和欢乐,还能启迪智慧、洗涤心灵。令人惊叹的是,看似能歌善舞的女孩们却听不见声音。这种残缺也是一种美。这支舞的参与者,给困境中的人们注入了精神和动力。

每个人都追求完美，世间的一切似乎并不能尽如人意。失望、遗憾随处可见，谁又能说那残缺的背后不是美？所有的缺憾都来自对完美的苦苦追求，所以缺憾也许就是局部的完美吧。其实，许多东西在失去了的时候，反而会让人更加珍惜，就像完整人生里那只写了一半的爱情故事，就像那杯还没品完的苦茶……生活中有太多的无奈，也有太多莫名的忧伤，可毕竟那也只是人生历程的一瞬间……

生活不可能完美无缺，也因为有个残缺，我们才有梦，有希望，当我们为梦想和希望付出我们的努力时，我们就已拥有了一个完整的自我。生活不是一场必须拿满分的考试，它更像是一个足球赛季，最好的队也可能会输掉其中的几场比赛，而最差的队也有自己闪亮的时刻。

花草树木都有自己的使命，人类的生命和它们一样，其实就是一个旅行过程。出生和离开是公平的，因为它对于每个人来说都只有一次。当我们张开双眼，迈开脚步拥抱和丈量这个或悲或喜的人世，就注定要承受各种不如意，在众多的遗憾中寻一声叹息，找一点光亮，淬炼生命的价值。出生，是为了和父母相遇；长大，要和爱的人相遇；在路上，和输赢、美丑、是非、成功、失败、绽放、落幕相遇。

也许你曾经有过远大的理想和抱负，可是现实生活里，旺盛的生命力才是这个世界的主题。或许有时你会觉得生命是种痛苦的煎熬，有时会觉得生命是快乐的享受，生命似乎永远在这两极之间交错延伸。有时觉得生命是种渺小的存在，有时又觉得它是伟大的结晶，它似乎永远就是渺小与伟大的混血儿。

生命体从开始孕育、诞生以来，就潜藏着不完整与不完美的种种危险。残缺是自有生命以来就伴随着自然界的，也是自人类诞生以来就一直伴随人类的。当生命还孕育在母体之中时，就已经受到遗传、疾病和外界环境的影响，潜藏着残缺的危险性。当人出生之后，这些因素因为失去了母体的保护而变得更加直接和明显，残疾的危险性就更大了。因此，生命的美从来就是残缺的。

人生短促，浮生若梦。忠实于自己，对自己的生命负责，真诚地寻求人生的意义，即使残疾，也要展现残缺之美。

虽然女孩们是那么平常，那么清淡，但她们同样印满了重重叠叠的生命的踪迹，那么沉厚，那么绰约，那么美丽。

林黛玉的破碎,在于她有刻骨铭心的爱情;三毛的破碎,源于她历尽沧桑后一刹那的明彻和超脱;凡·高的破碎,是太阳用金黄的刀子让他在光明中不断剧痛;贝多芬的破碎,则是灵性至极的黑白键撞击生命的悲壮乐章。每个人都有残缺,或是肉体上的,或是精神上的。但是,正是残缺创造了完美,是残缺使人在人生里有了生命的光彩。如果说那些平凡者的破碎展示的是人性最纯最美的光点,那么这些优秀灵魂的破碎则如彩色的礼花一样开满了我们头顶的天空。我们从中汲取了多少人生的梦想和真谛!

许多年过去,网络发展飞速,我们随时可以再回看那一段用残缺之美铸成的舞蹈,可我却从未再看过。因为女孩们的一招一式一颦一笑,都已经深深刻进我的记忆里。像鼎文,又像石刻,这么多年陪我走过风雨和诸多不如意。每当困难来敲门,我就会想起那段舞姿和那些舞蹈中的人的精神。她们告诉我,只要肯努力,即便一堵墙上既无门也无窗,也会从缝隙里漏进光,将我这个人照亮。

一朵花的美丽,在于她的绽放,还在于她耐心的等待,不屈的进取!

破茧成蝶

蝉声密集，鸟鸣清脆。生在淮安的我，每年夏天只听到蝉鸣阵阵，并不曾去想过蝉儿在树上鸣叫之前的生命状态。曾一度以为蝉们生来就是在树上的，至于其他，一概不知。

有些事情就是这样，它在记忆的夹缝里藏着，冷不丁就同生活撞个满怀，不思量，自难忘。因为文学，我们一起去餐厅，一起去教室，一起去爬山，一起去散步，一起去游玩，形影不离。在这样的年龄拥有这样的亲密关系，该需要怎样的缘分！

这次去山东参加文学培训，住在一处离城区 30 来公里的培训基地里。基地属于四合院建筑，山东农家民风明显，老树缠藤，溪水果园，南边和西边被一群山峰包围，虽是酷暑，下午三四点太阳下到山的那边，山气混合着青草香味，清凉似水般漫灌，也就心静了。

山里多微风，山花和树果不时呈现。大片的彩色蜀葵花、葡萄园、苹果园、玉米地，以及说不出名字的野花野草，让这次学习有了融入大自然的静谧。我和同是江苏学员的晓晴住在一个宿舍，她是个至今还保持着湿润的童心的人，敏感、多思，而且勤奋，是个文学路上的"好同志"。山东同学普遍好客、热情、真诚，对我们从江苏过去的6名同学很是照顾。晚饭后，我们经常聚集起来，一起去散步，说故事、说趣事、说大自然，也说彼此。

晚风静静地陪着我们的脚步，听着我们欢快的话语。夏日的野外，月儿弯弯挂在天和山峦剪影之间，似真似幻。各种青草的气息交杂着传递进鼻子，感染着每个人。几天过后，渐渐混得熟了，我们开始相互串门，彼此之间开始呼朋唤友，玩在一处。由于我有稿子要写，一般都会闷在宿舍里，趴在床上就着电脑敲击。而晓晴由于性格开朗，很快就跟山东同学熟络起来，且跟几名兴趣相投的女生处得如相识多年的老友。他们一起去探险、去爬山、去看农庄里的景致。青涩的葡萄串挂在藤上，一到夜晚，月亮逐渐盈满，诗人同学们开始写诗，难得相聚的旧相识聚在一处聊天。水洼里蛙声此起彼伏，时光寂静悠远。7月的济南郊外，和晓晴以及其他几名同学观察蝉蜕变的那个夜晚，至今想来，仍旧历历在目。

都说作家敏感，我想不敏感的人、对大自然中的万事万物不能用情观照的人、对一叶一花动不起心思的人，很难成为好的作者。

带给我心灵震颤的这件事的开始是这样的，有天晚上，晓晴和其他几名山东同学散步回来时，走到一片柳树林边，见几束电筒灯光闪烁穿行在树下，且拿电筒的人走走停停，手上拎了个塑料桶。不明就里的晓晴问那些人在干什么，同学回答说是抓知了猴。知了猴就是知了在未羽化之前藏在地底下的若虫，它们藏在地底或3年或5年，最长的达17年之久。时间一到，想要蜕壳羽化的知了的幼虫们就会从地底爬出来，爬到树上，6只脚紧紧地抓住树干上的粗糙树皮，没过多久就会蜕变成一只只知了。

散步回来后，晓晴跟我说起这件事，说那些知了幼虫为了成为知了，从而在树上引吭高歌，等了几年、十几年，最后却被人类无情地捉回去，或油炸或煎炒做成美食，实在是太残忍。听了她的叙述，我也觉得人类对那些幼虫不公平。上课、吃饭的时候还为它们担心，想着我们是不是应该想办法拯救它们。

当地同学解释说，不行。这些知了变成成虫以后，不但叫声尖锐刺耳，而且会啃咬木头，很是令老百姓头疼。严格意义上来说，它们是害虫，害虫怎么能拯救？那些捉若虫的人是为农林除害。

在救与不救这个问题上，我们这些写作的人，会习惯性地从文艺的角度来思考。既然人类并不缺少这口吃的，不如先救命，救一些弱小的生命，给它们希望，给它们的生命保驾护航。大家决定好了要救知了之后，都显得很兴奋，也很积极，男生女生加在一起有六七人，没有电筒，就带着手机照亮，在山东同学的指导和带领下，我们向柳树林进发。我们到的时候，捉知了猴的人们已经带着专业的电筒和塑料桶等装备在树林中搜寻，我们加快脚步，心情也更加激动，要赶在他们之前，拯救更多生命。晓晴甚至喊出了声，像上战场的勇士般低声对我们说道：同学们，快，能多救一个是一个！

我们加入地毯式搜寻知了的队伍，不同的是，我们是拯救者，是抢救者。山东同学告诉我们，要朝树干上看，知了猴不会爬很高，因为它们的力量不强，也意识不到危险来临，而且是有了羽化的信号才爬出洞。已经等待在树上准备蜕壳的幼虫很快被我们找光了，为了多找一些，山东同学就教我们在地上看小圆洞，那里面通常有正在准备上树的知了幼虫。我们果真找到了洞口，且看到正往外爬的。胆大的男同学还用小木棒从洞里掏出几个幼虫。同学们认真地在柳树林中寻找，当地百姓看我们在捉，便提前收工，或到人工水池南边那块地去继续寻找。不一会儿，我们就收获了二十六七只，有同学觉得不好意思，问要不要分一些给那些人，晓晴不同意，说给了，明天就成了他们餐桌上的一道美味了。她还遗憾地说，出来没带钱，要不然可以跟他们全部买下来。

这么多只幼虫是救下来了，可山东的同学们说，"猴子"们一般爬出洞口两个小时之内就得"羽化升仙"，不然错过这个时间，幼虫就不能羽化，也就变不成成虫，反而会被蛹憋死。而且必须给它们找个能稳定 6 只脚的地方，好让它们蜕壳的时候使上劲儿。关键是蜕壳的时候还不能被打扰，不然蜕不完整要么就是残疾，要么就是丧命。若是环境嘈杂，或者动荡不稳，幼虫蜕不出来完整的壳，缺翅膀少腿的情况肯定会有。

我们都傻眼了，没想到把人家救下来，才是麻烦的开始。这怎么办啊？长这么大谁也没经历过啊！别说帮助它们羽化，就连它们要不要经过羽化才能成为知了都不知道。我和晓晴带着分得的六七只幼虫回宿舍，晓晴看着棉麻材质的窗帘，说感觉可以试试让知了幼虫固定在这上面。没想到幼虫还挺聪明，一个个的都趴在了窗帘上面。这时群里的山东同学上传照片，有一个知了猴已经开始破壳，背上像被手术刀切开了一个整齐的口子。我们都欢快地叫起来，原来"人工"帮助羽化是可以的！

朋友啊，假如你们从来不曾见过树枝上尽情高歌的蝉儿，是怎样地由一只六条腿爬行的丑陋虫子，变成有一双美丽翅膀的蝉，你便不知道生命破茧成蝶的壮观和瑰丽，也不会知晓蝉亦有大智慧。

只见它们懂事似的，从容不迫地用带有毛刺的爪子紧紧抓住窗帘，慢慢向上爬，直到试探出那抓的力度可以承受住整个身体的重量，便如休眠了似的一动不动。

大概一小时后，它的脊背就开裂出一条缝，先是2毫米、5毫米，等到开裂到1厘米宽时，上半身和头就可从褐色的壳里挣脱出来。刚从壳里出来的蝉，极其娇嫩，颜色鲜艳，有绿色、橙色和粉色。它静静地趴着，像在休息,又像在积蓄能量。约莫一两分钟后,它开始一点一点地后仰,身体与壳形成了 90° 的视角,其形状像一尊神奇的雕塑。这样倒挂了一会儿,待腹部有了力量,它便又前合了回去,然后用力向上提起,整个身子便完全破壳而出。整个动作灵敏、轻巧、连贯,我在一旁一手拿着手机电筒照着,一边紧张地屏住呼吸做着记录,生怕弄出声来惊扰了知了的变化,整个过程可谓惊心动魄。

刚破壳而出的蝉,翅膀看起来软塌塌的,像皱叠在一起的面膜,又像刚出生的婴儿,一点也不好看。但过不了多久,随着身体的舒展,青白色的翅膀会像变魔术一样,瞬间变得又薄又长,冰绡一般透明美丽。那一晚,我和晓晴像妇产科医生一样,见证着一个又一个小生命的诞生。

蜕变,必定是要高飞。但刚蜕变出来的蝉,经过了一场生死考验,需要一个恢复元气的过程。它们在壳上趴了一会儿,等翅膀硬了再走,走也是爬几步停一下,仿佛留恋、感念和不舍。

这场景让人想起那段流传甚广的话:所谓父女母子一场,只不过意味着,你和他的缘分就是今生今世不断地在目送他的背影渐行渐远……

至于当地人为什么叫它们"知了猴",我想是它们羽化之前，就像猴子一样趴在树干上。

都说蝴蝶是在经历了一番破茧成蝶的考验之后，才绽放出令人惊艳的美丽！蝉何尝不是！遗憾的是，在蜕变的过程中，有一只知了没坚持到最后便夭折了，晓晴满含泪水双手并拢深情地祈祷，希望它能重生。我想，破茧成蝶，必然会经历一个痛苦与挣扎的过程。在这个过程中，需要积蓄一往无前的勇气与动力。直到身心俱熟，才展翅高飞。同样，在人生的道路上，愿我们带着初遇的美好和那段纯粹的以文学命名的日子继续前行。

最后，所有知了猴都离开了我们，当我把它们托在手上，看着它们崭新的翅膀就要迎接新一天的阳光和未来的风风雨雨时，我的心潮湿得像要下雨。新生的知了，无论在树上再怎样热情高歌，几乎没人知道它们单个是谁，人们只认为是知了在喊。而每个知了的生命，都要靠小小的它们自己主宰，一日三餐，睡觉，起身，躲避天敌，建立友情，找男女朋友，谈一次恋爱。这些新生的孩子，即将在天空和大地以及身边动植物朋友们的注视下，成为别的知了的爸爸和妈妈。它们也要学着父母那样，谈恋爱、生儿育女，将虫卵产到地底，它们将会在西北风到来之时告别世界。它们将看不到孩子们，也照顾不了下一代。但从生物学来说，这时它们所肩负的族群繁衍的重任就将结束。

几天后，学习班结束，我因为要回去处理工作，提前一天离开了大青山和学习中心。活泼、大方的晓晴被大家推举为晚会活动主持人。听说晚会举办得非常成功，只可惜我也参与偷偷排练的节目——男女声合唱李叔同的《送别》，我却没机会参加。老师们说，山东作协已经在那里搞了很多届学习班，只有这一届是最团结、最快乐、最有成效的，而且学员之间相处得最好。听同学们说，当节目进行到最后，十几名合唱的同学用多声部形式唱起那首离别的歌曲，同学们哭了，老师们也流下了惜别的泪水。合唱队的同学们则哭得泣不成声。

是的，我们爱写作的人，心灵始终那么敏感，对世间万物始终心怀敬畏，我们热爱生活，善于感同身受，将别人的苦难当苦难，将别人的欢乐当欢乐。我们歌颂爱，讴歌美，宣扬善良和纯真。那次学习班给我留下了非常深刻的印象，当然也有了仅有的一次为知了猴做保姆的难忘经历。数年过去，当年那些获救的知了，如今怎么样了？它们消逝在那年的秋天，永远躺入了大青山和柳树林的怀抱，成为大地的一分子。它们的孩子，那些虫卵孵化出的幼虫，也已经在地底等待了数年。听说，知了的幼虫在地底生活的时间必须是单数，也就是3年、5年、7年。为什么是这样，我们也回答不出。记得当时晓晴还幽默地说过，原来知了猴也是懂数字的。

　　同学们分别后，虽然大家都很怀念那个学习中心，也都说要走就走前往聚聚，可疫情三年，终究没有成行。从2018年到如今，也已经有6年，明年是第7年，真想约几个同学见面，没准还能在柳树林里找到新的知了猴——当年那些成虫的后代们。跟它们说说，你们的父母呀，还是我们几个同学救的命啊。故人和故虫的后代们相见，将是怎样的场面？人世间的情感，就是这么妙不可言。善和爱是会传承的，是有穿透力的，是能直击心灵的，是可以战胜宇宙一切的虚无和冷漠的。

　　从学习班回来后，我收获了此生珍贵的礼物，和晓晴建立起了终生友谊。我和她的"般配"来自细小往事。我们两人共用一个洗漱间，她用完一定会收拾得干干净净，将洗漱包拎到别处摆放，把位置留给我。我也同样如此，且整个学习过程10天都是这样。我们彼此之间心灵相通，但不是一下子就相互靠近了，而是像那批羽化成蝉的虫蛹那样，一点点地建立联系的。再就是我们那次的学习，对我的写作有很大的帮助，我们和其他几十位同学一样，都是被拯救了的"知了猴"，都需要羽化的推手给我们的文学写作加油。授课的名师有吉狄马加、徐则臣等名家大师，一场场讲座令我们受益匪浅，能跟大作家们在济南那个偏僻的城郊培训中心相见，是大家有个共同的理想，是文学的力量，是希望更多写作者能用文学为我们的国家和民族写出更好的、震撼人心的、接地气的好作品。时代需要记录者，也需要反思的人，更需要手执明灯的人来书写大时代的大篇章。我们的民族和国家也在一次次化茧成蝶，大家需要善意，需要爱和理解，需要和平和对生命的敬畏及更高形式的认识。

乡下烙饼

在我居住的小区门口，某一天突然多了一个卖饼的小摊。卖饼的是个年长的老人，在放饼的筐子上挂着一张硬纸板，上面歪歪扭扭写着四个字：乡下烙饼。虽然我每天来去匆匆，那"乡下烙饼"四个字，还是勾起了我童年生活的太多回忆。

烙饼，是流传于我们家乡的一种面食，因其制作方便、清香可口、劲道酥软而世代相传。小时候，老家人的农村生活，还处于半饥不饱的憋屈当口。平时别说吃鱼吃肉，就连偶尔吃上一顿白菜烧豆腐，也算是吃了上等的美味佳肴。

那时候我正上小学，和所有乡下孩子一样，每天最大的期盼就是过年过节，或者隔三岔五有亲戚来。那样，就可以沾客人的光，不仅可以吃饱肚子，还可以吃到更好吃的。

我喜欢到外婆家去。每次去，节俭的外婆总会拿出白白的面粉，加进酵母粉，和成团，揉成碗口大小的薄饼，放进草锅里，小火慢慢地炕成香喷喷的烙饼。炕一块饼需要好几分钟，还要把烙饼不停地翻个儿。外婆忙着烙饼，我就站在锅台前，眼巴巴地望着等着。眼见着薄饼慢慢胖起来，渐渐变成金灿灿的黄色，香味也弥漫在了整个小屋里，馋得我口水都快流出来了。这时的外婆总会从容地从锅里拿出一块来，用嘴不停地朝饼上吹气，两只手不停地把饼换过来换过去，直到不烫手，才送到我的手里。每当想起这些细节，仿佛这事就发生在昨天。

外婆虽然一辈子没有离开过自己的庄子，可她却有一双特别灵巧的手。一年到头，把粗茶淡饭侍弄得满口流香，一家人总是吃得香喷喷的。在外婆家的小院里，一点儿也没有因为日子的艰辛而缺少其乐融融的气氛。

进城以后，我依然打心里喜欢农家烙饼。城里的汉堡之类的洋快餐实在不合我这吃惯了中餐的人的口味。但说真的，的确也再没有品尝到当年那种苦中有乐的田园趣味。闲暇时，想学着外婆的样子，自己动手，做几块烙饼换换口味。可真要动手做，外婆那简单的几招，简直成了不可复制的绝招。加上现在用的都是液化气灶，火头旺，稍不留神就成了张飞的脸——糊了。可外婆做的烙饼，从来没见到有一点糊印子。每次她把饼烙好后，一块一块把饼从锅里拿出来，放到盆里，上面用笼布盖上。吃饭时拿出来，那饼还是又香又有嚼劲的。

  随着时代步伐的前进，农村也开始告别烧柴做饭的生活。前些日子回老家，母亲竟在使用自动恒温电饼锅为我们做烙饼，快速节能，清洁卫生，安全可靠，保持传统，一次成功。这个锅除了能烙烧饼，还能制煎饼、锅贴、水煎包等美食。现在的年轻人，已经过上了衣食无忧的生活。品尝着母亲用现代化的炊具做的美食，我又想到了外婆。外婆已经走了十多年了。要是老人能过上今天的日子，不知该乐呵成什么样子。

五线之间

当第一首乐曲《致爱丽丝》从我指间流出时,我陶醉了。

回想几个月来的勤学苦练,终于有了收获,那满足和自豪的心情,足以跟母亲十月怀胎、一朝分娩相媲美。又像农民,经过春播夏管的辛劳,终于收获了秋的果实。

记得小时候,每当听到那一首首荡气回肠的乐曲,就梦想自己也能弹奏出这样的天籁。那时,我一心一意崇拜着钢琴的艺术。常常想象自己穿着洁白高雅的裙裳,坐在铮亮高贵的钢琴前,行云流水般的音乐,从指尖流淌而出。

然而，钢琴对一个连饭都吃不好的农村孩子来说，实在是一种可望而不可即的奢侈品。工作后，钢琴梦依然缠绵，工作的忙碌却屡屡把梦想一拖再拖。

一天，我终于走进了钢琴室。举目四顾，眼前的情景却让我脸上一阵阵发热。看着一个个由家长陪着来学琴的孩子，我自卑地怀疑自己还能不能坚持下去。

年轻漂亮的老师考虑到我是成人，领悟力要比孩子强，就没有像教其他学生那样让我从基础学起。而是一对一教我，让我从《哈农》练起，然后是《拜厄》，再后来是《致爱丽丝》等曲子。

随着曲子难度的加深，热情和激情与枯燥的五线谱产生了激烈的碰撞。担心变成了怀疑，怀疑自己不是这块料子。许多次想放弃，又欲罢不能，无法放弃自己的梦想。坚持，如果坚持下去，需要多大的毅力和耐力？

在我情绪有波动的时候，老师及时给了我勇气。她不断鼓励我，要坚持！在老师的鼓励下，我一点一点慢慢进步。每当我有了哪怕一点点进步，她表现得似乎比我自己还高兴。老师的不离不弃，成了我坚持下去的动力。

说心里话，学钢琴原本就不是为了成为什么家。我也看得出来，老师教我，也不是为了能培养出一个钢琴明星。我是为了圆上儿时的梦想,一个已经渐行渐远的童年的梦。一个成年人,和稚气未脱的孩童在一起求学,虽同样是指尖在琴键上跳跃,对于我其实早已是"意在琴外"了。在我心中,往往是未成曲调先有情。徜徉在悠悠琴声里,思绪翻飞,遐想无垠。感受生活的情趣,追忆逝去的年华,憧憬美好的未来。当乐曲从指尖流向心田,弹跃的乐曲是那样轻易地拨动了我的心弦。或许,那就是被称为音乐的东西所产生的灵动吧。

用五线的方式讴歌人世间博大的爱,是音乐大家的职责。是他们,用特有的规律颤动,引导着人类心灵的净化,追寻灿烂的阳光,采撷善良与慈爱的硕果。音乐,是一颗颗闪亮的仙露,哺育灌溉过人世间多少枯萎的心灵,任谁也是无法记录齐全的。

漫步音乐的殿堂,游走在五线的林荫大道,与音符为伴,与艺术为舞,是一种享受,也是一种境界。其实,人生何尝不像一首乐曲。只要有心,只要能够坚持,平淡的人生,同样能够演绎出动人的乐章。

此心安处

是

吾乡

母亲河

徐则臣曾在《北上》中这般形容,"就是一条臭水沟,在你家门口流了上千年,也成了一条母亲河"。细细品来,这短短一句话中却藏着说不尽的意蕴。母亲河不论长短,不分贵贱,皆辛勤哺育着自己的花朵。

全长近 1800 公里的大运河自南向北绵延,沿岸名胜古迹目不暇接,而途经淮安段的这 60 多公里运河,更是见证了属于淮安这座运河沿岸历史名城的繁华盛世。河流是大地的动脉,世世代代滋润着大地,哺育着万物,成为人类文明发展的摇篮。以至于很多河流即使没那么出名,也会被尊为"母亲河"。大运河,自然是名副其实的母亲河,她在我们家门口流淌了千年,早与我们心有灵犀、血浓于水。

我在母亲河畔生活、工作了多年,却从未因她的存在,而真正发现她的古朴绚丽,感受她千年的底蕴和内涵,直到有外地朋友来访,向我提出要去看看运河……我陪着她们近距离走近她,走近这条我睁开眼睛就能看见她的"尊容"的运河。宽阔的水面,经过打造和修缮过的河床,碧波荡漾的河水,时不时经过的船队,船上的人在船沿上从容不迫地来回走动的身影,以及河两岸日新月异的变化,让我这个"老淮安"人,也深刻感觉到千年的母亲河变了,变得容颜姣好、眼波流转、顾盼生姿起来!

和多数河流一样,大运河淮安段河道的变化和水质的提升都离不开儿女们不断的努力和付出。就在20世纪80年代,中国还有大约5万条河流。根据2013年公布的第一次全国水利普查结果,其中的2.8万条河流告别了蓝天。随着中国人口与经济的迅速增长,中国经历了水资源的严重减少,包括水资源的过度使用和严重的污染。一些主要河流的"消失",与过度的水资源攫取直接相关。那些河流消失的那些年,恰逢中国迅速工业化和城市化时期,不断发展的经济造成水和能源等资源的紧张。部分地区存在有法不依、执法不严的现象，非法排污、非法设障、非法捕捞、非法养殖、非法采砂、非法采矿、围垦和侵占水域岸线等行为没有得到有效治理。2008年，江苏决定在太湖流域借鉴和推广无锡首创的"河长制"，也在那年，江苏全省15条主要入湖河流已全面实行"双河长制"。每条河由省、市两级领导共同担任"河长"，"双河长"分工合作，协调解决河道治理的重任，一些地方还设立了市、县、镇、村四级"河长"管理体系，这些自上而下、大大小小的"河长"实现了对区域内河流的"无缝覆盖"管理，强化了对入湖河道水质达标的责任。"河道水质的考核得分是干部选拔任用的重要依据，对考核得分靠后，且所属河道水质恶化的责任人，严格实行'一票否决'。""河长制"最大限度整合了各级党委政府的执行力，弥补了早先"多头治水"的不足，真正形成了全社会治水的良好氛围。

2017年底，淮安境内18000条大大小小的河流有了"河长"，实现了全覆盖。随着"河长制"的层层推进，社会力量也被带动起来。最明显的是产业结构调整，沿河、沿湖的企业不得不放弃传统落后的生产方式，超标排污企业被关停，越来越多的企业家开始寻求清洁的生产方式，循环经济得到发展。淮安以生活污水处理、生活垃圾处理为重点，综合整治农村水环境，推进美丽乡村建设。加大对河湖生态的修复和保护力度，禁止侵占自然河湖、湿地等水源涵养空间。在规划的基础上稳步实施退田还湖还湿、退渔还湖，恢复河湖水系的自然连通，加强水生生物资源养护，提升水生生物多样性。推进建立生态保护补偿机制，加强水土流失预防监督和综合整治，建设生态清洁型小流域，维护河湖生态环境。加大黑臭水体治理力度，实现河湖环境整洁优美、水清岸绿。经过保护和治理，大运河淮安段的水质越来越好，河两岸的违建越来越少，风景也越来越美。淮安境内河湖交错、水网纵横，淮河、京杭大运河、盐河、苏北灌溉总渠等纵贯横穿。全国五大淡水湖之一的洪泽湖大部分也在淮安境内，不久前，淮安对洪泽湖的保护有了新的规定，洪泽湖进入十年的禁捕、禁养期。

我们总以为最美的风景永远在远方，日日途经的美景却被我们忽略掉了。有一次，我去北方某个城市学习，看到了北方干枯的土地和能见着河床的河流，因常年缺水，河流常常处于干涸状态，导致流域的土地只能种一些耐旱的植物。人们走出来时不听口音，单从外貌就能判断是哪里人。想到我们的城市水土肥沃、水润天泽，我意识到，生活在这片"漂在水上的土地"上，是件多么幸福的事。

京杭大运河是世界上里程最长的古代运河。北起北京，南至杭州，流经天津、河北、河南、山东、安徽、江苏和浙江，沟通海河、黄河、淮河、长江和钱塘江五大水系，对中国南北地区的经济、文化发展与交流，特别是对沿线地区工农业经济的发展和城镇的兴起均起到了推动作用。千年运河穿城而过，她不仅是一个地方的血脉，也是淮安文化的源头。南船北马，九省通衢，清江浦的华灯初上，东大街的夜色阑珊，无不在彰显淮安作为"运河之都"的深厚文化底蕴。童年的记忆往往是最深刻的，摄影大师郎静山在清江浦度过了他的童年，在他后来的作品里，与水有关的作品可以证明。

2014年6月22日，卡塔尔多哈第38届世界遗产大会宣布，中国大运河项目成功入选《世界遗产名录》。历时8年，沿线8个省市、18座城市联手申遗，"大运河"作为文化遗产被正式列入《世界遗产名录》。淮安作为运河申遗必不可少的重要组成部分，也因为运河而走向世界。大运河申遗，不但彰显了古代先民的智慧，而且体现了当代人的智慧与想象力，是一种符合可持续发展理念的生态化思维。在未来保护大运河遗产的进程中，这种生态化意识始终不可或缺。为了保护传承好运河文化，这些年来，围绕大运河的主题活动有很多，淮安市很重视，专门审批成立了大运河办。在今年9月组织的大运河文学专题采风中，我亦有幸参加并深入地了解了大运河——我的母亲河。

"走千走万，不如淮河两岸"，当时的淮河两岸是有利于人们生活的地方。作为古代南北交通枢纽的淮安，经济文化也随之发展起来，汉代淮安便出现了文武双杰——军事家韩信与文学家枚乘。水是生命的源泉，河流则是人类的摇篮。一个城市也因为水才多了一分妩媚和灵动。

20世纪50年代，考古学家曾在淮安发现了青莲岗文化的遗址，并断定这是距今7000多年的新石器时代的文化。这就说明，我们的祖先早就在这里生活劳作、繁衍生息了。据历史记载，淮安曾发生黄河夺淮的重大灾难，泛滥的洪水带来了巨量的泥沙，而这些泥沙又淤塞了淮河两岸的许多河道，淮河原先的入海通道也因之而消失了，淮河流域开始出现"大雨大灾，小雨小灾，无雨旱灾"的情况。治黄与治淮，可以说成了淮安人民的一件重要大事。

宋代，泛滥的黄河水冲入淮河，并以淮河河道为自己的出海口。黄河夺淮使得下游的淮安变成洪水走廊。当年繁华的泗州城就是因淮河发水而被淹没，现流经淮安市区的古黄河就是洪水冲出的河道，淮安也因此涌现出了许多治水名臣和治河的故事。人工水库的洪泽湖及"水上长城"——洪泽湖大堤的建设，就是潘季驯治淮的成果。而淮河水患的真正解除是在中华人民共和国成立之后。苏北灌溉总渠的建成，才使淮河平静入海，淮安实现了名副其实的海晏河清。

"水懂我心，自然淮安"，淮安是一座由河水孕育出的古老运河城市。这里的水不仅是史学的，更是文学的。从一定意义上说，要想了解淮安的历史文化，就必须先了解淮安的河流。如今的母亲河，用女神般的优美英姿，带着远古的典雅风韵，迤逦穿过淮安城，为这方沃土送来蓬勃生机和姹紫嫣红的同时，也成就了淮安新兴旅游城市的地位。大运河——她的人民像水一样大度，她的风景美得纯粹而不刺眼，她的历史厚重得让你要去细细计算，她的美食足以震撼你的味蕾！

也说淮扬菜

　　一条大运河，连着淮安和扬州，两座城市从北向南称为"淮扬"，于是集两座城市的珍馐美味和农家菜品于一体的"淮扬菜"，成了一类菜系的总称。淮安丰富的自然资源和悠久的历史形成的淮扬美食中的鱼虾、鳝丝、清蒸甲鱼、八宝葫芦鸭等，都取自水乡食材。有幸生在淮安——淮扬菜的故乡，吃着淮扬菜长大，是一件人生幸事。

　　中国饮食文化源远流长。淮扬菜以其独特的历史风格和个性风味名扬四海。淮扬菜，始于春秋，兴于隋唐，盛于明清，素有"东南第一佳味，天下之至美"的美誉，与鲁菜、川菜、粤菜并称为中国四大菜系。新时代的淮扬菜，在原有的咸甜基础上加以改善，口味更加清淡，甜度也下调，更加适合南来北往的各路食客。

淮扬菜的菜品，有一大系列叫"时蔬"。什么是时蔬？就是根据季节采买，有什么吃什么。比如春季的嫩芦芽、荠菜，夏季的嫩荷藕秆、鸡头米叶的嫩秆，冬季的雪里蕻，都是时令蔬菜，内行的食客进店用餐，非得点上一两道时鲜菜肴，方算是会待客。

淮扬菜分红案（菜品）和白案（面点），还根据适用场所分厅室（雅间、包房）和堂食（大众厅堂），制作水准上没大区别，基础菜品也相同，但会在一些讲究的菜上有所侧重。比如特级大厨会为特殊贵宾食客服务，一般的厨师或是学徒的厨师，会为散客炒制菜品，当然质量也会由师父把关，毕竟哪家饭店也不愿意把牌子做砸了。

淮扬菜，从原材料的选择到产地的指定，更需要幕后功夫。比如三白鱼会选洪泽湖产的，白虾属高邮湖的一绝，还有茭白、芦蒿、大头青（菜）、青蒜、香菜、青萝卜、白萝卜等，都有相应的产地，甚至能精确到哪个村的"土口"好，长出来的白萝卜脆嫩多汁，若红烧或氽汤，入口即入喉，根本用不着嚼。

再就是徒弟学艺，别以为写文章和画画等"高档"艺术需要天分，做菜也一样需要天赋，更需要刻苦、用心、用情。年长的大厨师长们常说，你要把食客当成儿女、当成父母、当成自己的亲兄热弟，你做出的菜才会有人情味、有滋味，客人吃了才能说你做得好。

世上万事万物都一样，人就是这么回事，一是心灵敏感，你平时说什么话、做什么事，伤到了别人，人家当面不说，渐渐地跟你淡了，在你身边消失了，你还不自知。从这个说到做菜上，饭店门脸开着，大堂迎客的、安排座位的是牌面，后厨的洗菜、配菜、烧菜、蒸煮的工作才是重点。你做得好吃了、用心了，客人会越来越多，旧客带新客。你不用心，把客人当傻子，原材料质量糊弄，油盐酱醋也"搭浆"（以次充好），食客吃到嘴里是有数的，人家吃一顿不说话，但心里是有数的，以后就不会来了。想想，招一桌新客不容易，得罪老客分分钟。所以呀，淮扬菜看起来做的是菜，实则做的是人，是良心，是敬业精神。

再说师徒和徒弟学艺，别以为站几个月的锅就能把菜做好，其中的学问大了去了。有讲究的大师傅，对火候和作料、翻炒、锅的质量，都有很强的敬畏心。每次做菜就像面对考试的小学生，生怕做错了、做漏了哪一步，炒出来的菜虽然差不多，但懂行的一吃就知道其中真伪。人哪，一辈子学会吃饭是容易的，一辈子学会做饭给别人吃就难了，想要做出好的饭菜就更难。其中不但有做事的道理，还有做人的道理。你不偷工减料，不偷懒翻炒，即便烫一把鸡毛菜做菜剁也应该宽汤少烫，水温和菜的生熟度是有变化的，因为水的沸点和火候不是你能控制的。说到这，诸位大抵能听懂为什么厨艺越学越知不足、越学越敬畏了，道理就在这里。做淮扬菜，除了人力能控制的，还有不可控的因素在其中。从业人必须兢兢业业、认认真真，每一次都不能掉以轻心，每一次都要小心翼翼。这么说来，厨师做一道菜，和玉工开一块籽料、雕一尊莲花佛陀所用的心思何其一致。

曾经采访过一位淮扬菜老前辈，七八十岁高龄。十三岁开始做学徒，每天凌晨三点钟到饭店里生炉子，炉子着了，水烧好了，五六点钟的样子，他的师父也就到了。可直到现在，他的徒弟都已经是淮扬菜教学的教授了，有的去北京做过国宴，有的是奥运会、亚运会的主厨，或在大饭店服务，他还称自己是做菜的小学生。

淮扬菜以其选料精细、工艺精湛、造型精美、文化内涵丰富而在中国四大菜系中独领风骚。淮扬菜选料注重广泛，营养调配，分档用料，因料施艺，体现出较强的科学性。在工艺方面注重烹饪火工，刀法多变，擅长烧、焖、炖。在造型方面，注重色彩器皿的有机结合，展现了精美的艺术性，可谓淮扬品位一枝独秀。其特点是追求本味、清鲜平和、咸甜醇正适中，重视调汤，原汁原味，风味清新，浓而不腻，淡而不薄，与当下追求绿色、健康的饮食风尚相吻合。菜品风格雅丽、形质兼美、酥灿脱骨而不失其型，滑嫩爽脆而显其味。花色因时而异，确保盘中的美食原料都是最佳状态，素有"饮食华彩、制作精巧，市肆百品、夸示江客"之誉，让人随时都能感受到美妙淮扬。

淮安人讲究烹饪技巧，效古法今，创新烹饪技法，讲究营养和口味的巧妙搭配，形成了博大精深的烹饪技艺。最为关键的是人们对淮扬美食和健康有了新的概念：就地取材，土菜精做，色香味形，百吃不厌。随着人民群众生活质量和生活水平的不断提高，人们越来越注重营养、健康、养生，这同样也是餐饮业的发展方向。

睿智的淮安领导和500多万淮安人民，从2002年以来，紧紧抓住机遇，一次次成功地举办了淮扬菜美食节，这不仅提升了淮安对外开放的水平，还吸引了大量的客商来淮投资兴业,实现了"签约大项目、加快推进城市化、提升市民综合素质"三大目标,为淮安的腾飞奠定了坚实的基础,还做足了淮扬菜的文化品位。

每次出差在外,几天一过,再好的菜肴都提不起胃口,总觉得还是家乡的淮扬菜好吃。即使有做淮扬菜的饭店,但另外一片土地生长出的蔬菜、养殖的五禽和六畜,另外一片水域产出的鱼虾,再好的刀功,再好的火功,再好的配料,也吃不出家的味道。

花街记

"天色未暗,梧桐向晚……"花街微书局门口,"南船北马"乐队在灯笼温婉的光照下唱着花街的歌谣。隔壁馄饨店里的姑娘,靠着碗中的美味,吸引了乐队的小伙子,他们开始互相走近。

他们曾经的出走,成为此时返回花街的资本。

十多平方米的店铺内,有两位远道而来的游客正在小桌子上聚精会神地书写着想对爱的人说的话。店里看似凌乱实则有章法的饰品,恰到好处地拿捏住了松散游客和顾客的目光与脚步。墙壁上张贴的明清时期的清江浦老地图让人眼前一亮——店主人和他的几个朋友,一笔一画用半个月手绘出来的清江浦"清明上河图"栩栩如生。柜面上关于花街的文创产品和一些小物件等待着买主。一本小说集《花街九故事》醒目地放在书架上。路边亮灯的其他小店,各自兜售着市井里的爱与深秋。只想说:趁着天色未暗,我想和你拥抱这浪漫,夕阳的余晖书写着河边的缱绻,能否为我留一个傍晚……

来淮安,必到之处是花街。到花街来,可要保持一颗纯粹的心——也别太挑剔,街很短,街边店家很少,但每一个店都有自己的不同,绝没有重样。别看店少,内容可不少。让既然来了的你,必定有所收获,吃的、穿的、用的……而店名也是一景——入驻在这里的店家,约好了似的,无论哪行哪业,在取名字的时候,都齐齐地与花街沾着边。

花街的气韵到底沉在哪?不妨移步几个服装店,一水的中式风格,色调低沉,看上去像是几百年前的老店至今仍在营业。有一家店的店主是个男人,他爱鼓捣一些小物件来装点门面。他不知从哪儿收集来石槽、石盆、各色瓶瓶罐罐,又在这些石盆、瓶罐里种上了花草——那种随性、自得与自在,和店里的衣裳一起,看一眼,再累的心也会松弛下来。

街上有桂树，是八月桂，一进初秋，满街都是桂花的香气。桂树后是小酒馆。到了晚上，小酒馆门口，一些年轻的音乐发烧友聚过来，他们吟唱着，唱着只有他们这代人才听得懂的歌曲。记得当年刚到淮安求学时，这里是我每周必来的地方，后来工作了，工作地就是西大街116号的老报社。在花街，从不用担心一日三餐，无论早晚，总有各种饮食摊点星罗棋布。花街的小吃早在乾隆年间品种就达百种。这些小食历经百年沧桑一代代流传下来，文楼汤包、菜蒸包、油煎包、牛肉馄饨、肉丝面、黄桥烧饼、牛舌烧饼、油端子、浦楼茶馓、麻花、绿豆圆、薄脆、糖粥、蒸糕、糯米甜藕……让你眼看不过来、嘴吃不过来。只是这样的日子没多久，我随单位从这条街上搬走。每日忙忙碌碌，很少再回到这条街上。

最近，魂牵梦萦似的，来了几次花街——有时是一个人徜徉，有时是几个人小聚，有时是一群人探寻。时间也不固定，有时是白天，有时是晚上。对花街的牵挂与想念，原来一直在梦里，在心里。

如果你也来花街，一定要在"璞园"要一份糖水，或者点一份地道的老馄饨，品一品，尝一尝，从这份汤水里闻一闻花街特有的味道，空气里留下的旧时光的气息。若想要营造现代化气息，必少不了咖啡元素。席卷世界的咖啡文化浪潮竟然也来到了这条短得不像街的花街。夕阳西下，漫步花街，忽然会被一股浓郁的咖啡味深深吸引进"老房子"，和收银员有一搭没一搭地交谈。在"老房子"，咖啡的价格单是手写的，又古朴又纯真，要了一杯桂花咖啡，细细品尝，咖啡和桂花相融，别有一番味道。还有茶——这历史文化名街的气氛，怎能少了茶的烘托？在花街品茶是一乐事，这也是本地人和游客同爱来花街的理由之一。当一壶上好的茶散发出或清新或醇厚的茶香时，你是相信它能洗掉心头的烦恼的。和三五好友流连于花街的茶社，扯开想象谈文说艺，且消磨它个半天烟雨。

花街很短，但历史很长；花街很短，但思念很长；花街很短，需用爱和眷恋填满；花街很短，短得只需半眼，便能从这端看到那头；花街很短，来不及"摆谱""遮面"。花街很短，但历史遗存丰富，两边的街区至今尚保留着当年的样貌。沧海桑田的历史并不久远，只是你我未见。花街很短，不耽误来人对她一见倾心，让你深深爱上花街。花街很短，短得只有一百多米，从这头能看到那头。花街又很长，长得她已是一百多岁的老人。

糖水铺子里令店主引以为傲的便是花了功夫恢复的历

史原貌——一块不起眼的小而薄的青砖，都有一百五十年以上的历史。据店主小于介绍，当初墙面处理方案出了好几套，但都被否定，他说，不如让历史直面现实。很多和小于一样的年轻人，用自己的所学所思所想所感所做，尽心尽力地装扮着花街，发掘着只属于花街的光芒。新式文创、新型店铺，尽显体验感，令人如处时光更迭中。一处砖缝、一块青苔、一扇久未打开的窗，都是韵味在流淌。

花街这头是老小区，另一头连运河。她和运河，就像老友相依相伴，曾经的她东西走向六七千米，因交通和扩建的需要，分成了三段，一段成为东大街，一段更名西大街。"东"和"西"，就像芸芸众生各奔东西。运河是明清两代的水上高速公路，千工百业的人们，由南船北马舍舟登陆，直奔花街。这里商贩叫卖、阁楼香粉、书香翰墨，一派繁华。

被法国梧桐遮住记忆的我站进现实，相聚花街，离别也在花街。花街的名称源于一个说法，说这一街的人都爱花、养花、栽花、看花、吃花，尽显对花的喜爱。这也一如所见——花街，从春到冬，都弥漫在花香里，桃花、杏花、荷花、梅花一年四季延绵不断的花讯，让满条街充满花香，花香又与运河的浪花交相呼应。

如今的花街，活成了"老祖宗"似的老街——一定藏下了无数的秘密吧。可惜，她早已打定主意，不跟谁透露半句。在花街面前，再长也是短，再多也是简，再悲也是欢。一切都会归于寂静，所有都是梦醒难寻。历史和人文的花团簇住了这条老街——名人故居、历史尘烟和花街长在了一起——哪些人曾经在花街出现，哪些事又曾于花街上演？比如《西游记》的作者吴承恩，儿时、少时、壮时，是否来过这里？《笔生花》的作者邱心如从小住在花街近旁，她用汗珠和泪水凝结成的《笔生花》有一百二十万字，这位勇敢的旧式女子，用细腻有情的笔调，为男权社会里的女人立传，谱写了一曲挽歌。她的作品对当时的社会人文做了忠实的记载，成为后人进入历史的一条捷径。

　　花街左右还连着一些沉默的小巷子，弯弯曲曲，像支流血脉，和花街紧密相连在一起。徐则臣钟爱花街，在多部作品里提及花街，将花街作为故乡的意象描写。"九故事"中的人物，都在花街里活过。历史的车轮滚滚向前，绵延三千里的运河流经花街，波涛变得平静。停泊在这里的船只可以证明，这条从北方奔赴而来的大运河如沉稳内敛的汉子。到花街里逛一逛杂货铺子，尝一尝南北美食,看一看满街的俊男靓女。醉了、累了,找一处客栈躺下歇息。

船舶进了港湾,就像人心靠住了河岸。迟来的人儿,急匆匆将诺言兑现。日夜翻转,花街无眠。

花街作为清江浦繁华的见证,历经岁月的洗礼。2011年,政府对花街进行全面修缮。改造后的老街,引进了一些老字号和传统手工艺店铺。现在的花街是里运河文化长廊的重要组成部分。"运河三千里,醉美是淮安"——花街成为这座城市的文脉,成为市井清江浦的根。"淮阴自古多遗市,不省年来只卖花",淮安自古多街市,依托大运河,南北货物纷至沓来,出现过许多专业性商业街巷和市场,如米市、柴市、牛羊市、鱼市、莲藕市、草市、盐市等,但从没有哪条街如花街这样深入人心。

花街所在的区是淮安的核心区"清江浦",三个字都带有水,但何止是"三点水"呢——古黄河、里运河、大运河、淮河入海水道等水系都在辖区内。河流多,水患就多,勤劳的清江浦人民为治水通漕,抵挡黄河侵袭,留下了众多的治水兴水的文化遗产。那些回乡创业的年轻人,就像回巢的燕子飞回了清江浦,飞回了花街。在花街上,他们做着自己喜欢的事,爱着他们所爱的人,用年轻的心守住了花街的魂。在他们的心底里,看遍天下风景,走遍世间道路,还是花街最好吧。爱在花街延伸,爱在花街驻足,爱从花街出发——每年上万件文创产品带着花街的符号、承载着花街的历史、带着花街的声音,传播到更远的地方。

已经一百多岁的花街,还会再活六百年,那时候没有你我。

梦回柳树湾

柳树湾是我到金湖好长一段时间后才知道的地方。去了以后才知道那是一个让人难忘、让人怀念的地方。

夏天傍晚时分,游人渐渐稀少,三河滩的柳树,都被蓝色的雾霭笼罩着,隐隐约约、朦朦胧胧,一片迷离。俯瞰着三河滩静静的河面,倾听着柳树湾里整齐而悦耳的蝉声,别有一番滋味。

可谁曾想到,这优美、宁静的滩面,几十年前还是一片荒滩,经过了多少次大水的洗礼,才形成了今天柳树湾独特的风景。曾几何时,水,成就了金湖;水,也伤害过金湖。金湖的老人和中年人还能记得几次大洪水。水患一来，农田被毁，屋舍倒塌，到处都是凄惨的景象。直到20世纪80年代，国家出资修建拦水坝、加固湖堤，水患才渐渐消失。原本波涛滚滚的怒湖，变成了鱼米丰足的幸福湖。湖上波光粼粼，湖边农田俨然，百姓修建的一栋栋小楼，一处处村庄，充满田园诗般的快意。

"明月松间照，清泉石上流"，明月和清泉衬托得松林更加幽静。寂静如画的柳树湾，整日和湖水作伴，白云与流霞成了无声的知己。因工作调动回淮安后，我把爱留在了金湖，把思念和记忆留在了柳树湾。如果说柳树湾是孤独的，那么生长在柳树湾里的蝉，应该是快乐的。这里是它们的天堂。

柳树湾四季分明，初春再去那里，一棵棵柳树碧玉般矗立着，新芽像繁星闪烁，缀满琼枝。柳树湾的风也直白，穿过树枝，拂过田野，像画。远处迷蒙的隐约可见的绿色，和薄雾融合。近处的浅绿、黄绿、翠绿、青绿，像打翻了满瓶的绿色颜料，被水光和天光调制出来的。田埂绝不闲着，毛茸茸的越冬的各样野草，正忙乎着自己的生产大计，春光明媚时开几朵花、结几颗种子，都已列出了计划。

柳树湾的天空是寂静的，柳树湾的气息是原始的。在

梦回柳树湾

那里能闻到野草的芳香,茅根草探出一丛丛嫩绿的箭镞,直指云天。不知名的鸟欢快地叫,敏捷地翻飞在晴空朗照里。

金湖人都知道,柳树湾有种特产,这种特产好几次进入我的梦境,就是夏日的蝉鸣。不知道是蝉喜欢柳树,还是柳树喜欢蝉。走进夏天的柳树湾,被蝉的轰鸣裹挟,感觉整个耳膜都要被刺穿。它们绝不会感觉到累。因为蝉的数量众多,这棵树上刚停止,那棵树上就接续,这边刚累得歇会儿,那边又将大幕开启。

浓的绿,蝉的鸣,交织夹杂在一起,叫得人或愈发心慌,或愈发幽静,我则是后者。我喜欢蝉鸣,它能呼唤我回到往昔。

置身于这样的场景,让人在不知不觉中回到了童年的故乡。奶奶的呼唤,妈妈的辛劳,外出谋生的父亲回来,篱笆墙上缠着的喇叭花,菜地里整排的韭菜,麦苗疯狂地生长,两个妹妹和弟弟跟在我后面,忽而跳跃,忽而玩耍。蝉是一种中药,能卖钱,一个三分钱。我和弟弟妹妹拿着长竹竿粘上蜘蛛网,大中午趁大人们睡午觉时,就悄悄出发。姐弟几人忙一个中午,也能粘它个四五只,放在玻璃瓶里,拿到合作社的小卖部去问有没有人收购,结果没人收购，又跑到合作医疗卫生室，还是没人收购。恐怕要跑到城里的中药铺才可以卖掉，城里对乡下的孩子来说，更是遥不可及。看来蝉是卖不掉了，原本计划好的买糖果和铅笔的梦就此破碎。弟弟抱着玻璃瓶不肯松手，好言好语也骗不来，只好等他睡着，我才偷偷地从他枕边拿了来，跟两个妹妹走到月光里，将瓶子打开，蝉们像吓昏了般一动不动，我们又把知了放到树上、草地上，跟它们挥手再见。

过去多年，总觉得对弟弟有所亏欠，但对蝉的喜爱不减。我甚至仍然觉得蝉值钱，仍然期盼着那年夏天买不回的糖果、铅笔，并在心底里给弟弟和妹妹们道歉。

柳树湾的蝉鸣，唤起了我对往日的眷恋。蝉以纤小细弱之躯奏响激越宏大之音，令人怦然心动、肃然起敬；它们的生命随三个月夏日的消逝而陨落，又让人禁不住黯然神伤。我静静地伫立在它们面前，听它们放声高歌，虽没有黄莺的宛转悠扬，也没有燕子的呢喃动人，但它们用自己的方式为夏天带来了最高的礼赞，它高歌一曲需要半分钟左右，稍微小憩后，积蓄起力量，为下一曲引吭高歌做准备。它们是这个季节里自由自在的歌手，这里是它们的舞台。一个小小的生物，一个毫不惹人注目的小生物，竟能有这么强大的持久的声音，它的力量源泉在哪里？这是我儿时一直在寻找的答案。

后来，我从生物课本上知道只有雄蝉才发出声响，雌蝉则默默无闻过完一生，我为它们哀怨地过一生颇感惋惜。蝉的一生大半岁月是在地底下度过，靠吸食树根汁液生存，慢慢长大，然后再脱去那件沉重的蝉蜕，一洗深藏地底不见天日的深深的哀怨，这激越的声音是长期压抑后的释放和迸发，是显示自己生命存在价值的大声的争鸣，我无法听懂它神秘的话语，但是我可以用心去慢慢领会它内心隐藏的那种语言，那是一种精神释放的独白，无视狂风烈日，从螳螂和麻雀的偷袭、顽童的捕捉组成的生命阴影中洒脱地走出来，在太阳底下潇洒地歌唱，发出极富磁性、激越澎湃的雄浑的强音。整个夏季，从旭日东升到夜幕完全降临，它们尽情地歌唱着，永不知疲倦，珍惜着这份短暂的生命拥有，展现生命的辉煌。

假如，夏季没有这一群小小的精灵，将会变得怎样的寂寥。离家的日子里，这蝉声于我，好似是熟悉的乡音。回到淮安城里多年，仍旧痴爱金湖，怀念柳树湾。

向海而生

在海的那一边,在古老的神话里,有一个向海而生的地方,叫射阳。如果你还不知道它在哪里,那你一定听说过关于它的故事。

谁不曾在后羿的箭羽上、精卫的翼翅上飞翔过?小时候,精力旺盛的我们被父母安排早早上床睡觉,在长长的夜晚根本无法入睡,便缠着外婆讲故事。多少个夜晚我们听着外婆讲的各类神话故事进入了梦乡,后羿射日、精卫填海、嫦娥奔月……这类神话故事早已在灵魂深处生根发芽。也许,现实和故事早已在生命的轮回中遇见。忽然有一天,这故事在射阳有了着落,为了那片海,那些故事和那些人，炎炎夏日的一天，我的双脚落在了这片土地上。

一片煮海为盐的沧桑，一个丹顶鹤的故乡，一段人鹤的未了情，还有一个娟秀的名字。这个位于苏北平原中部的城市，东临黄海，与日本、韩国隔海相望。这里四季分明，光照充足，雨量充沛，气候温和而湿润，是鸟类繁衍的天堂。这里滩涂沼泽广袤，水草肥美，鱼虾、贝类丰富，自然成了丹顶鹤的乐园。走进射阳，脑海里不由得响起一首老歌。"走过那条小河，你可曾听说，有一位女孩，她曾经来过，走过这片芦苇坡，你可曾听说，有一位女孩，她留下一首歌，为何片片白云悄悄落泪，为何阵阵风儿为她诉说，还有一群丹顶鹤，轻轻地、轻轻地飞过……"歌声委婉动听，每次听了总想落泪。这是一个真实的故事，一个女孩从小爱养丹顶鹤，大学毕业后来到丹顶鹤的故乡。有一天，她为救一只受伤的丹顶鹤，滑进了沼泽地，然后再也没有上来。那个为了一只丹顶鹤把自己永远留在了这片土地上的女孩，就是徐秀娟。她的故事深深打动了我。

在射阳县城主入口处，有一座占地600亩的生态公园——后羿公园，它与中华后羿坛遥相呼应，并连为一体。它以人为本，创造人与自然共生共存的生态环境；它以文为脉，园内每一处特色景观，都与"后羿射日"的文化相连，串起一个古老而又美丽的传说；它以绿为主，绿地面积占一半以上，银杏、乌桕、雪松、广玉兰、石楠、垂柳、桃花、樱花等近百种花草树木按不同空间序列变化组合，营造丰富多彩的园林景观；它以水为辅，三分之一的水面湖泊、河道、岛屿、长堤等，形成了四通八达的水系结构，大开大合，收敛有致，充分满足了人们的亲水需求。神话里的后羿翻过了999座山，蹚过了999条河，走过了999条峡谷才来到这里，射下了9个太阳，这应是这个传说流传千古的精髓所在吧。为了纪念后羿，纪念这种精神，射阳人建造了地标性的建筑物——后羿公园。

  在射阳，还有一条不得不说的河流——射阳河。沿射阳县城向东，车行驶约10分钟，就可看到一条宽阔的大河，这就是射阳河。河水环绕着一座风光秀丽的小岛，站在观景台上远眺，岛上高高低低，有沟、有垛、有垅。陪同的同志说，这里每个季节有不同的景色。春天，各种果树鲜花盛开，争芳斗艳，花香扑鼻，景色迷人；夏秋两季，黄灿灿、红彤彤的果实累累，压满枝头。沙堆的沟垛中长满了芦苇、茅草、杞柳和槐树，是野兔、野鸡的栖身之处。

据传，在古时候，射阳这片大地上没有河流，却常遭海水倒灌，良田被淹为泽国。十年九涝，百姓们生活得非常艰难。一天，地方土地神向观音菩萨诉苦，观音菩萨得知这一方百姓的苦衷后，就到天庭禀报。玉皇大帝闻奏后决定派神羊仙姑下凡为民解忧。神羊仙姑经过一番实地察看，决定从西向东开一条大河，从而将洪水引入黄海。当时已有身孕的神羊仙姑昼夜不停地劳作。河开成后顺利泄洪，这里的百姓终于过上了风调雨顺的好日子。为了感恩神羊仙姑，人们就将这条河定名为"神羊河"。"神"与"射"谐音，久而久之就演变成了"射阳河"。

神羊开河造福于民是神话传说，而"射阳侯国""射阳河"却是客观存在的。2200多年前的"射阳侯国"早已时过境迁，不复存在，而一个全新的充满活力的沿海港城射阳正迅速崛起，奔流不息的射阳河碧波荡漾。射阳正式建县时，根据当地社会贤达和开明士绅的建议，地方政府决定依河取名，沿用西汉时射阳县原名，新成立射阳县。射阳是否与后羿射日有关？真和假不必追究，所谓的传说也是需要安置在大地之上的。射阳，单从名字来讲已经很妥帖。而一代一代的射阳人，为了守护好这一方天蓝、水绿、土净的家园，前赴后继地贡献着智慧。借此次采风的机会，我看到了一个新射阳，一个集休闲、生态、湿地风光旅游于一体的全新的地方。

"有爱射阳，沐光向海。"我们一行人在湿地观光大桥上纵览河风海韵，在日月岛上"放飞"童真童趣，赴渔港小镇尝海鲜，入森林氧吧"清肺"……氤氲海韵，魏晋遗风，两天马不停蹄地采风走访，让我深深地记住了这座向海而生的城市。

又见太湖

太湖很大，大得让你一眼望不到边。太湖水很深，深得让你见不到底。这是太湖给我留下的第一印象。20世纪90年代初，我出差去苏州，几天的议程活动中，最后一项是游太湖，那个时候刚刚参加工作，对一切都充满了好奇。乘着豪华的太湖游船往太湖中心行进，湖上时不时有各种水鸟飞到你的面前，大家在船头争先跟飞鸟拍照留念。

太湖再次上热搜，是因为10年前的海藻事件，由于太湖周边过度开发，太湖生态被破坏，海藻肆虐，太湖作为周边城市居民重要的水源地，有一段时间水已经无法饮用。地方政府高度重视，决定下大力气整治。通过努力，太湖终于恢复了本来该有的干净清澈，据陪同我们一起采风的专家介绍，现在的太湖水质已经达到三类饮用水质标准。

今年6月，江苏省作协和江苏省环保厅联合组织作家开展"绿水青山就是金山银山"的主题采风，我因此又见到了太湖，内心感到格外亲切，太湖又回到我第一次见到它时的样子，雨中的太湖在雨水的冲刷下如明镜般晶莹剔透，湖水散发着清新的气息。

治理后的太湖，水与人类和谐共生……

听家里的老人说，我们家是从苏州过来的，曾经我们也是苏州人，一度我非常自豪，因为苏州出美女、出才女，最典型的就是我的师长范小青主席，她就是苏州人。2000年，我出的第一本书就是范主席写的序，那个时候我和范主席素昧平生，为什么请范主席写序，连我自己都说不清楚，难道我们在前世是亲人吗？还是冥冥之中我们早就认识了？也许我们的祖辈也是喝着太湖水长大的，我们的血液里流淌着太湖的水。天空下着雨，看着这烟雨缥缈的太湖，我情不自禁地流下了泪水。我在想，难道是我的祖先看到他们的后人回家了，才下雨了，激动得流泪了吗？

艾青先生说："为什么我的眼里常含泪水？因为我对这土地爱得深沉……"这一次我不仅是来采风的，更是回家的。我踏着祖先的足迹走在太湖边上，感受着他们曾经在这里的生活，想象着他们劳作的样子，呼吸着他们曾经呼吸过的空气。他们曾经在这里生活得很好，很恬静，因为洪武帝的一声令下，他们离开了自己的家园，当时他们有什么样的感受？他们该有多不舍？

我很好奇，太湖是怎样形成的。于是和当地的朋友聊了起来。他们说：人们对太湖的形成有着不同的认识，也有争议。主要有构造成湖论、潟湖成因说、陨石冲击坑说，等等。构造成湖论认为，太湖平原原是一个大的海湾，以后不断为水和沉积物所填充，演化成了现在的湖泊。潟湖成因说认为，太湖平原原是一个大的海湾，在全新世时曾受到广泛的海侵，以后随海水退却形成封闭的湖泊。还有一种传说，距今5000万年前，一块巨大的陨石从东北方向撞击地面，造成相当于1000万颗广岛原子弹爆炸的巨大冲击，留下了2300多平方千米的陨石坑，即现在的太湖。

中国科学院南京地理研究所的专家认为，太湖的底部及整个太湖平原湖泊底部，全部是黄土层硬底，湖水直接覆盖在黄土之上，未发现海相化石及海相沉积物，相反，却发现了大量的古代人类生活的文化遗址，因而太湖不属于构造成因的湖泊。同时据有关地理研究所的研究，太湖平原除东部上海地区和南部嘉兴以南地区曾受到过全新世海侵外，整个中部广大湖荡平原区并未受到海水侵袭，因此也就不存在潟湖成因问题。关于陨石冲击坑说，南京地理研究所的专家认为如果湖泊是由陨石冲击而成，湖底多少会保存有撞击坑的痕迹，然而太湖湖底却十分平坦，平均坡度仅为19.66°，而且湖中尚分布有51个岛屿，在平坦的湖底，至今尚保存有完好的河道，自西向东穿过。因此，专家们认为太湖的最后形成主要可以归结为两方面的原因：第一个是气候变化引起的洪涝灾害；另一个是泥沙淤积、人类围垦，引起河道宣泄不畅。太湖是在原河道基础上，因洪泛而扩展成湖，与长江中下游其他湖泊成因基本类同，如洪泽湖、鄱阳湖等。

还有资料说的感觉更真实一些：太湖位于江苏和浙江两省的交界处、长江三角洲的南部。它是我国东部近海区域最大的湖泊，也是我国的第三大淡水湖。太湖以优美的湖光山色和灿烂的人文景观闻名中外，是我国著名的风景名胜区，每年吸引着大量中外游人来此观光游览。太湖，古称"震泽"，又名"笠泽"，位于富饶的沪、宁、杭三角地中心，是长江和钱塘江下游泥沙淤塞了古海湾而成的湖泊。周围则群星捧月一般分布着淀泖湖群、阳澄湖群、洮滆湖群等。纵横交织的江、河、溪、渎，把太湖与周围的大小湖荡串联起来，形成了极富特色的江南水乡。太湖号称"三万六千顷，周围八百里"，但它的实际面积因受到泥沙淤积和人为围湖造田等因素的影响，在形成以后多有变化。今天的太湖，北邻无锡，南濒湖州，西接宜兴，东邻苏州，水域面积约为2250平方千米。

　　太湖流域面积虽然小于鄱阳湖和洞庭湖，但这里气候温和、物产丰饶，自古以来就是闻名遐迩的鱼米之乡。太湖水产丰富，盛产鱼虾，素有"太湖八百里，鱼虾捉不尽"的说法。

水写的金湖

金湖人美,水更美。三面环水的金湖,成就了独特的水乡水韵。因水而增色,因水而得名,文化也因水而滋润。年轻的金湖与水有着割裂不断的渊源,据史料记载,1959年,金湖建县时,周恩来总理在为金湖命名时希望金湖日出斗金。金湖人热爱家乡,钟情于生他们养他们的碧水与澄湖。

因工作需要,我来金湖已有大半个年头,不止一次地游走在湖光山色的高邮湖、白马湖和宝应湖之间。乡村和田野阡陌相连,一块块秧田直到天际。楼房、平房、院落、篱笆组成水乡风景画。田田的荷叶染得路过的白云也有了荷叶的香气,春光处处,风和景明。大有"湖吞江作海,地尽水为天"之势。"三山六水一分田,天下黎民还种不全",这样的古训在金湖是不存在的。金湖人善良、勤劳,平整的地方种秧苗和小麦等庄稼,低洼靠水或边角闲地,就种荷藕、慈姑、菱角、荸荠、芋头。各式各样的不同季节的收获,大大丰富了农家的饭桌。

汪曾祺老先生在《受戒》里写的乡村图景,听说就在金湖境内,原属高邮西北乡。小英子和小和尚挖慈姑,小和尚看着女孩红嫩的脚指头生出情愫。迷宫似的芦苇荡,成群的水鸟,彩云飘荡。那一行行一排排的农田、树林,一湾湾一洼洼的水面,忽而小巧如琢,忽而开阔无垠,到处是水的渲染、水的因缘、水的成全。水和田相逢之地,碧玉般的葱茏翠绿。人们因地制宜地让水和土地交融,子子孙孙生存繁衍于此。水做主导,水是主打,一幕幕水乡风情画,足以让我大开眼界。我感叹水的世界,深深地爱上这片泽国渔乡、世外桃源。

可谁会怀疑这取之不尽、用之不竭的水资源还能出问题?

先不说离我们并不太遥远的水灾和水患对沿岸居民生命和财产安全造成的破坏,新时代,工业经济的发展给生态保护带来了严峻考验。一边是经济利益和民生受益，一边是环境保护和可持续性维护与保持。经济大环境下，单纯的政绩观、发展观使得一些地方官员急功近利，致使生态平衡遭受到前所未有的破坏，某些严重的地区已到了有水皆污、有河皆涸的地步。教训深刻的例子比比皆是，一些历史上著名的湖泊已迅速从版图上消失，如白洋淀已不再是淀，美丽的滇湖也不再美丽。

值得庆幸的是，金湖人民和历任领导有前瞻意识和科学眼光，早就意识到生态平衡与科学发展循环经济的重要意义，并在全县上下达成了共识：既要发展也要保护环境，上下齐心，狠抓生态环境建设，不合格或会对环境造成污染的企业和产业坚决不上马、不引进。本着这一原则，金湖"痛失"不少机会，但金湖人认为为了那片碧水蓝天、为了耕地符合粮农耕种环保标准，不遗憾，不后悔。正因为有了这样的理念和决心，才使得这里的天更蓝、水更清、地更绿，老百姓的生活与健康得到了一定保障，天上的飞鸟和水中的游鱼生活得自在、安全。

以水为本，以美为纲。金湖人积极开放思想，寻找出路，在水资源和水文化上做新文章。城乡结合，用大自然中的水元素，引领和创造城区人居典范；从规划到设计，打造更适宜的绿水人居环境。城区建起一批新水景,城南河、利农河等水岸风光,令人耳目一新。城市居民坐在家里可以看到窗外水景;走在路上,可以感受水乡特色。老百姓们的笑容被水晕开了,孩子们的笑声被水波传得更欢快、更远了。城中街景和公园景色更加具有人文气息,让从外地来到金湖的人一看就能辨别出这是金湖的。渐渐地,金湖的城市和乡村共同发力,美出了名,美出了彩,勾画出了一幅天然水乡的画面。四季轮转,城区街垂千枝柳,早晚霞映两重天。

骨骼清奇苍劲依然的柳树、银杏,飘逸婀娜随风起舞的轻枝瘦叶,与蜿蜒辗转的河湖水光相互辉映,将整个小城浓缩成自然的盆景。

金湖的水浇灌得全城一片青翠、郁郁葱葱。绿水逶迤绕城,林荫道凉爽宜人。我有幸成为金湖的一分子,早晨,迎着朝阳,踏着晨露;黄昏,披着霞光,沐浴斜阳。漫步在小河边,静坐在小桥下,聆听着小城跳动的心声,倾听小河诉说的故事。徜徉于大自然特别恩赐的这一片绿色的大地上,盛赞之情禁不住从心中涌出,有一种跨越了时间隧道的欢愉。

我离开金湖已有多年,但仍忘不了那里的水、那里的人和那里的天。村庄田野、城市道路翡翠般镶嵌在湖水的怀抱里。三面清水深情地拥抱、托举着这枚戒指的"界面",雍容地戴在大地母亲的手指上。

歌颂金湖的旋律犹在耳际,被万亩荷塘熏染的风香透了心底。湖底的游鱼,天上的飞羽,无边的绿叶,去远方的道路,碧绿的水塘,蜿蜒的小溪,都是写在金湖大地上的文字。有赞美,有自强不息,有绵延传承,有胸襟和怀抱,向未来奔去……

年轻的金湖流传着中华民族古老的传说,尧的母亲在古老的泽国之滨生下了尧帝。尧帝故里,荷乡金湖。移步即景,如画如歌。这就是水写的金湖新貌。大凡到过金湖的人,无不惊叹这蓝蓝的天、清清的水、绿绿的草、淡淡的鱼,自由天地,荒情野趣,关关鸟语,唧唧虫鸣,从而切身体会到人与自然浑然一体的和谐。

在木垒

7月,家乡的阳光早已把墙穿透。室内的温度已经达到35℃。在这样炎热的天气里,以文学之名,应木垒书院的邀约,我们一行辗转来到新疆木垒。在木垒度过了一周的凉爽的夏日,也躲过了家里最热的日子。

木垒书院的刘亮程老师与他的夫人金姐姐带我们参观了他们的家,院子里有鸡、鸭、鹅等。金姐姐每天种菜、除草、浇水、施肥,每天大部分的时间都在院子里劳作。刘老师每天接待来自各地的文学爱好者和游学的学生,开展一些文学活动。我们一行在此和刘老师聊天神侃,听刘老师说天道地,说关于这里的一切。晚上,看满天的星星，听这里的虫鸣。

木垒书院位于新疆木垒哈萨克自治县英格堡乡的一个村庄里，这个村庄叫菜籽沟，金姐姐说菜籽沟的名字是源于以前村里种油菜籽。后来不种了，但是到春夏时节，油菜籽依旧长得满地都是。刘老师说，"土地上的事情就是这样，你播一次种，它就会生生不息地生长下去"。

10年前，刘老师他们来到菜籽沟，这一待已经10年。10年前，这个原有400多户人家的村庄半数房子已空，到处是无人居住的空院子。一个个老宅院因荒芜而被拆毁，这和诸多中国村庄一样的命运。如我童年时的村庄，早已随着我住的乡镇土地的流转而变成了一整片农田，只有在每年回家祭祖的时候能通过一些记忆分辨出小时候的家的位置。村庄养活了我们，乡村也孕育了源远流长的中华文化，但它随着农村人口进城的步伐在逐渐衰败。刘老师到这里后，因他的影响，这个本和大部分村庄有一样命运的菜籽沟，拥有了新的生命。很多艺术家来此生活、创作，地方政府也非常给力，把这里建成了艺术家工作室，把这个本叫菜籽沟的地方变成了"才子沟"，同时挽救了这个村庄的命运。

说起艺术家工作室，金姐姐如数家珍。一有空，她就开着车子带着我们一家一家地走。她说，这是贾平凹老师的工作室，这是艺术家陶陶的家，那是谁谁的……菜籽沟不仅有作家、画家工作室，还有诗人、设计师、媒体人认领了的荒芜的宅院，他们认领了一个乡野中的家和这个家中依旧醇厚温暖的中国乡村文化。刘老师让艺术的力量加入这个村庄的万物生长，这是他留在这个破旧村庄最好的力量。一个原本死一般的村子、原本废弃的房子，因为他们的到来，一下子活了起来。外出打工的年轻人因为他们来了，选择回归，做起了民宿。菜籽沟活了，刘亮程老师不仅把一些艺术家带到了这里，还把艺术和文化带到了这里，这里处处充满了文化的气息，菜籽沟变成了名副其实的才子沟。

　　那天，刘老师陪着大家在院子里认花花草草，有很多是我们家乡没有的，也有很多是我们认识的，刘老师一一给大家解答。房子旁边有一棵沙枣树，很小，很不起眼，和我们常见的树相比，你根本不会把它当作树，刘老师却格外用心地呵护。他说，就在你们来之前不久，这棵沙枣树已经开过花，你们来迟了，错过了花期。刘老师自信满满地说，明年就能结出果实。我对这么小的树能开花结果持怀疑态度，但这丝毫不影响刘老师对它结果的信心。刘老师说，沙枣树在新疆代表着纯洁、善良、守望，表达思念之情的沙枣花寓意着坚毅、坚韧，也象征着甜蜜的爱情。沙枣树生命力极强，代表着丰收和幸福，花朵和我们老家的桂花很像，因此被誉为"飘香沙漠的桂花"。我跟刘老师约定，等到来年沙枣树开花时，我们再来木垒。

在刘老师的院子里，他根本不像一个文学大咖，更像是一个地地道道的农民。他每天戴着斗笠，穿着布衫布鞋，带着我们在院子里散步。一天，跟着刘老师在院子里，我和他不约而同地手背在后边，脚步一致地散步，这被一个文友抢拍了一张照片，后来发到群里。看着我们不谋而合的姿态，大家都很诧异。照片中我俨然成了一名新来的农民。

夏天，这里没有蚊子，你在外面随意溜达、走动，也不会有蚊子来叮咬你。我们很好奇，刘老师说，这里的天气和温度不适宜蚊子繁殖，所以没有蚊子。

木垒书院是 20 世纪 60 年代的一所学校，后来成了羊圈，现在是菜籽沟的文化中心。

刘老师将这个具有 60 年历史的旧学校当作他们的家，他保留了所有能够保留下来的，包括疯长的野生的草木。院子里的树，他从不修枝，任其生长。他说，修枝是人的想法，不是树的想法，树想长成啥样，能长成啥样，都由树说了算。草也是，随地生长。只要在这个院子里长出来，只要不是太影响我们，其实一棵草又会碍人的什么事儿呢？不铲除，它就会一直长到开花、结果，长到青，长到叶子变黄，第二年还会在老地方长出来。这里的虫子多，但都不咬人。空气太洁净，随便一点味道都会被闻见。

因为太安静，隔壁房间的细语会很清晰地传过来，不是墙不隔音，是除了隔壁房间的声音，没有其他声音。院子里没有灯，晚上出来要稍站一会儿，之后就不觉得黑了。夜空是亮的，有月亮和满天的繁星，在夜空下站久了，你也是亮的。夜并不黑。在这里，你不会有丝毫的陌生感，你会喜欢这些繁茂的大树，喜欢遍地的花草，喜欢一早一晚的阵阵虫鸣。院子里的榆树、杨树看上去有一定的年龄，刘老师把它们比作长辈，把这里的花草虫鸟都当作这里的主人。刘老师说，我们能做的只有尊敬、爱护，不轻易扰动。书院的这几间旧宿舍和教舍是20世纪60年代的建筑，他们只做了保护性的加固改造，让它保留原有的模样。几十年来，一批一批的学子从这里出去，为后人保留这份记忆，相信他们在此短暂的停留，也会被自己所见的一切铭记。草木有情，尘土有灵，万物相互记忆，并不会彼此忘记。你记住一只小虫子的鸣叫时，这声音也记住了你。

穿越时空的生命之旅

距上次的西藏之旅已10年之久，但关于西藏的种种，我却一直惜字如金，只字未提。近来看到媒体上播放关于西藏的宣传片，那一幕幕令人心旷神怡的唯美画面再次深深触动了我的灵魂。前些日子，无意中在百鑫的朋友圈，看到了一篇关于那次旅藏的游记，而那段深藏已久的记忆，竟又浮现在眼前，甚是清晰……

时间把我拉回到了2014年7月，黄姐姐邀我一同前往西藏，同行的还有央视、清华的一众好友。我与黄姐姐结识于20多年前的一次全国评选活动现场，后来我俩成了无话不谈的好友。这么多年来，我俩常结伴来一次说走就走的旅行。她说去哪，我便相随。

透过机窗往外看去，行云如流水。遥想当年那位担着和亲大任的文成公主，历尽路途风霜，颠簸春秋冬夏，整整耗费了3年的大好时光才艰难抵达目的地。而如今，从北京乘机出发，只需3个多小时，便可身临贡嘎机场。由于是官方接待，刚下飞机，已有人微笑着在机场等候我们。一切都是那么顺利，也打消了我来之前关于初来西藏会引发身体不适的种种担心。吃完午饭，我们在酒店歇息了一会儿，接待人员体贴告知，刚到西藏是有讲究的，第一天不能洗澡、不可以喝酒，等等。怕我们不能快速适应，他们还特地配备了一名生活医生，准备了氧气瓶以备用。

从远方而来，岂能错过这人间天堂的美景。离约定的晚饭时间还有段时间，歇息之后，我们便在本次活动东道主的引领下，前往位于拉萨市的布达拉宫脚下看外景。对于我这么一个"平原遇高山"的人而言，这里的一切都是那么新鲜。我们一边欣赏着美景，一边听当地陪同人员的讲解，数个小时的时光转眼间便过去了。回到驻地开始晚宴，热情的拉萨人招待客人哪能少得了酒，禁不住热情好客的主人的劝说，我便尝了一点当地的葡萄酒。

晚宴结束，东道主为我们准备了一场荡气回肠的文成公主实景剧。随着音乐声响起，葡萄酒成了催化剂，让我起了高原反应，文成公主剧也没看成，还折腾了整整一个晚上，痛苦不堪。接下来的几日，胸闷、呼吸困难、气色难看、脚下没劲等之前听说过会有的反应都在我的身上一一应验了。就那样，我还撑着去了几个地方。黄姐姐的公务结束后提前回京了，却还是不放心我，一天一个电话询问我的情况，直到第6天，一定要我回来。恰巧那段时间空中管制，北京、南京的直飞都订不到票，后来她找人弄到一张成都转南京的票。我到家已是凌晨2点。

这些年来，我去过许多地方，看过许多风景，却唯独对那次的高原反应刻骨铭心，但随着时间的推移，也渐渐藏于心里。然而，当关于西藏的记忆再次被打开时，那儿的一景一物依旧历历在目，久久无法释怀。

神秘的布达拉宫，是我了解西藏的起点。伫立在这座举世闻名、海拔最高，集宫殿、宫堡、寺院于一体的古式建筑群前，我不禁感慨万分。建筑群依山而建，宫宇叠砌，院落回廊曲槛，上下错落；具有白宫、红宫之分的宫殿，外装辉煌，内设奢华，有2500多平方米壁画、近千座佛塔、上万幅唐卡，另有《甘朱尔经》《贝叶经》等。有明清两朝皇帝封赐达赖喇嘛的金册、金印、玉印及金盘、玉碗、珠光宝气。白宫是达赖喇嘛生活起居和进行政治活动的场所，红宫是历代达赖喇嘛的灵塔和各类佛殿。傍晚时分，穿城而过的拉萨河沐浴在夕阳下，宛如一条缎带，从天边飘来。

去西藏，一定要去体验一下纳木错的浪漫。纳木错又称天湖，蒙古语叫腾格里海，也是藏传佛教的著名圣地，信徒们尊其为四大威猛湖之一。当你站在这世界上海拔最高的咸水湖旁（海拔4718米），1900多平方千米的湖面清澈透明、一览无余。此时此刻，你才真正领悟何为"心静如水"。

湖心的石子由于光的折射，仿佛伸手就能捞起，而它多变的色彩，却是连蓝天也有所不及的，时而碧蓝，时而苍绿，时而蓝绿相间，时而暗灰如晦……呈天蓝色时，水天相融，浑然一体，仿佛身在仙界。

湖的东南面是终年积雪的唐古拉山主峰，广阔的草原绕湖四周，天湖就像是一面巨大的宝镜，镶嵌在藏北的草原上。又听人说，它实际上是内陆海，有受制于月亮而潮涨潮落的现象。而作为有生命的神湖，它的属相是羊，每逢羊年，是神湖盛大的节日，藏族聚居区内外成千上万的香客潮涌而来。在那儿，你能看到很多虔诚的朝拜者，他们双手合十举过头顶，一步一磕长头，据说如此行走，绕湖需得一个月的时间,且是无论刮风下雨都不可停下的。这正如一首诗中所描述的那样:"那一年,我磕长头拥抱尘埃,不为朝佛,只为贴着你的温暖;那一世,我翻遍十万大山,不为修来世,只为途中能与你相遇……"

在天湖旁,最能反映藏族聚居区特色的是玛尼堆和在玛尼堆上悬挂着的经幡。信徒们每次遇到玛尼堆必垒一颗石子,再念上一遍经文。经幡是由蓝、白、红、绿、黄颜色组成的布质品,经幡随风摆动,每摆动一次就是向上天传送一遍经文。7月,正值暑假,当地放假的孩子手里拿着五颜六色的经幡向游人兜售,出于好奇,我和他们聊了几句。为了支持他们开学后的学费,我们每个人买了几条经幡。孩子们很认真地把经幡挂在玛尼堆上。湛蓝的天、碧蓝色的湖、皑皑白雪、翠绿青草、牧民的牛毛帐篷、五颜六色的野山花,还有到处可见的牦牛……

高原反应,亦如一次穿越时空对生命的挑战之旅。去过的人总会有收获,只有当你亲临之后,才能真正看到一个伟大而刚强的民族。这个伟大的民族,就是在这种最恶劣的自然环境中生息繁衍、历尽沧桑。经年累代,他们创造了自己灿烂的文化与深沉的历史。他们身上焕发着独有的潇洒与俊健,意志如伟岸之高山,心怀如坦荡之莽野!

金湖之北

金北，金湖之北。

一个简单得不能再简单的名字，就像过去家里的孩子多，父母连起名都懒得思考。金北在金湖的北边，也许这就是它名字的来历吧。

与金北结缘是十多年前到金湖工作，此前只知道金湖，来了才知道金湖还有一个金北。记得当时刚到金湖工作时，金北虽然离金湖县城只有一河之隔，近的地方可以望得到对岸，但河上没桥，想要到对岸去，要绕很远的路才能到达。

以前老百姓进城要靠轮渡，后来入江水道金湖大桥建成，轮渡渐渐失去了它的价值。再后来又有了二桥，以及现在的三桥、四桥。二桥的建成通车，尤其是淮金路的通车，彻底让天堑变通途，给金北的发展提质增效。两岸百姓互通往来，工作的、做生意的、上学来往的急速增多，几座桥把两个区域连在了一起。

百姓种的庄稼和农田穿插、镶嵌，一年之中，白中带粉的杏花开过之后，就轮到粉红的桃花、高大的意杨和低垂的柳树争春了。春天成片的油菜花和小麦苗相互竞赛，高得好像村庄房屋都变矮了。自从大桥通车，境内道路修进了村庄，原先低矮的房屋变成了一栋栋独立的、设计感十足的别墅洋楼。汽车也悄无声息地开进村庄，出行有车，居家有楼，一个个现代化村落留住了年轻人，还吸引了许多外出谋生的男女回乡创业。这样一来，老人有了照顾，孩子们不再是留守儿童。

在金湖工作的日子，来来回回不知道多少回，金北是淮安到金湖的必经之路，也是我回家的必由之路。2014年我从金湖回来，已近10年。10年来，金北焕然一新，现代化的标准农业示范田连成一片。金北是传统的稻麦种植产地，境内有5万余亩耕地。6月，正是麦子丰收时节，一眼望不到边的田野里，一片金黄，麦浪滚滚扑面而来，成群结队的收割机不停地忙碌着。过不了几天，原先裸露的麦子地就会变成水田，被辛勤的农民插上秧苗。育种了一个多月的秧苗，期盼离开拥挤的苗床，到大水田里舒展筋骨、一显身手，为秋后的第二波金色浪花蓄能。

百姓搬进了宽敞明亮、配套设施完善的新型小区，脸上洋溢着幸福的笑容。金湖的机场就坐落在金北镇境内。短短数年，金湖就有了机场，这是我回来后听说的。早就想去看看，这次采风，金北的同志专门带我们去了一趟，机场目前已经建好等待验收运营。新机场建好后，它的航运能力和货物吞吐量，会带动金湖县农业、工业的生产和发展。用不了多久，金北会吸引更多人才，会有更多自己的企业家、专家、社会名流。

开塘放水养鱼，政府带头搞基建、做投资，引进外资和技术，大搞城镇化建设。不用担心大规模企业建设会污染地方环境。这一点金湖的领导班子是非常有见识的，他们引进的企业生产上是安全的、绿色的、可持续发展的。为了能留下青山绿水给后代，在这点上必须严格把关，不以地区 GDP 为考核标准，而以老百姓满意度为先，不搞大干快上，哪怕失去多么好的多么大的对经济有提升的机会，也要守住这道底线。

金北的变化和金湖大环境相称，地区发展带动乡村振兴。在金湖挂职数年是我一段非常难忘的经历。金湖留下了我的眷恋，那里还有我在响应"党员爸爸妈妈"活动中结对的小女孩。她家贫寒，父亲早亡，母亲出走后杳无音信。她使我懂得责任在肩、使命必达的意义，她的弱小恰是人世间最强大的力量，她的进步和优秀督促我更加努力。是她给了我机会，使我们共同成长。

经过十多年的成长，她已从一名小学生成长为一名大学生、一名中共党员、一名白衣天使。而我也在她的成长中变得成熟，从中体会到了从女性到母亲的历程。希望她将来能在医疗岗位上像无数名党员爸爸、党员妈妈一样，做出应有的贡献，为建设国家出一份力。

金北发展得好，离不开为她奋斗和努力的各方人才。从政府到企业，从官方到民间，心往一处想，力往一处使，才会有如今令人满意的成绩，而且最终受益的还是咱老百姓。

金北，这个随意而来的名字，也因区划调整和发展需要，实现了从乡镇到街道的华丽转身，变得光彩熠熠。过去被河湖阻隔的金北小镇，连机场都有了，离启航还远吗？

风花雪月看大理

在云南的日子里,最喜欢的地方当数大理了。大理,西倚苍山,东傍洱海,舒展地坐落在茫茫的云贵高原里,像一个婉然的奇迹,虽然经历过南诏国的盛衰,却一点不觉沧桑。据说大理最有名的景致叫作"风花雪月"。风是"下关风",下关有天生桥,传说观音在那里打翻了风瓶,所以风大。其实比起北方的朔风,下关风是大大逊色的,但在气候温和的大理,尤其是冬天,下关风颇有冷硬的气质。花是"上关花",传说上关曾盛产奇异的龙女花,到了后来,所谓的"花"指的就是上关的女孩子,因为上关、周城现在仍是非常本真的白族居住地,当地人善于制作有名的扎染工艺品，而这一带白族女孩的衣饰也尤为绚丽，宛若鲜花。雪是"苍山雪"，说的是冬天降雪，很少会下到坝子里去，而苍山顶上却会积一簇皑皑白雪，任天气晴好，山顶的银白也不见消融。月是"洱海月"，黄昏时分，金黄的圆月映照在粼粼的洱海上，岸边的渔家小船轻轻荡漾，温馨无限。一直以来，大理人提到"风花雪月"的典故时，都有一种由爱而生的微微自豪。

在大理，可以做"风花雪月"的梦、说"风花雪月"的事、听"风花雪月"的故事、读"风花雪月"的小说，这让你时时刻刻感受到"风花雪月"散布在这里的每一个角落，弥漫在你可以呼吸到的空气中。

行走在苍山洱海间，走进"风花雪月"里，才能看到书本和电视里看不到的风景，才能感受到隐藏在这风景背后的历史文化的"精妙之处"。一脉山，一泓水，将一座城裹在里面，这座城就是大理，这山便是苍山、水便是洱海。

从苍山下来，便去洱海。洱海总面积约 250 平方千米，南北长，东西窄，形状像人的一只耳朵。天气晴朗时，洱海的水在阳光下尽情地展示着各种颜色和形状，古代文人骚客的画意诗情此时更是跃然于心头，"一身犹在，乱山深处，寂寞溪桥畔"，这寂寞来得那样自然、那样愉悦，隔开了都市生活的诸多烦恼，会让你在这山水之间真正感受到自我的存在。

到大理，你一定要去品尝白族的"三道茶"。三对男女端着茶盘轻盈地飘入观众席间，以白族礼仪向客人敬茶。接过茶，细品一口，苦涩如同中药，这道茶名为"苦茶"；一段"白族打歌"后，简单的舞步和口中的苦味都还余韵未去的时候，第二道茶又上来了，一尝，竟是满口甜香，原来放了红糖、桂皮以及白族特色食品乳扇，这道"甜茶"取先苦后甜之意；第三道茶称为回味茶，作料有蜂蜜、核桃仁和花椒，这就是白族喜庆迎宾时的饮茶习俗"三道茶"了。通过茶的味道，告诉人们"凡事要多回味，切记先苦后甜"的道理。回味着"三道茶"的人生哲理，升华了我的洱海之旅。

大理历史悠久，很早以前就有人类活动的踪迹。秦汉之际，大理是"蜀身毒道"的必经之地。南诏大理古国保存至今完好的见证之一，就是位于苍山脚下的崇圣寺三塔了。站在这座建于南诏时期的古塔下，可以仰望它千年的风貌。千寻塔为方形密檐式空心砖塔，16层，是典型的唐朝风格，类似西安的小雁塔。另外南北两座小塔是为八角密檐式空心砖塔,均为10层,建于大理国时期,它们的风格迥异于千寻塔,偏近于中原宋塔风格。

  崇圣寺与千寻塔同时期建造,后来被毁,现在的崇圣寺宏伟的庙宇是近年重建,风格完全遵循原貌。崇圣寺依山而建,逐级往上,站在最后一进院落的观景楼上,大理全城风貌尽收眼底:苍山洱海环抱成一个不规则的橄榄形,橄榄形土地的南北两端便是上关和下关,是进出这片"风水宝地"的咽喉要道,大理古城就在苍山洱海之间。古时南诏大理国凭着苍山洱海的天然屏障,卡住上下两关的要道,自给自足,雄踞一方。据介绍,忽必烈当年是翻山而过,奇袭大理的。回头看苍山上云雾环绕,层峦叠嶂,真不知道蒙古骑兵是怎样飞越天险的?难道真如传说里说的那样,得高人指点"从天而降"?

  一路走,一路听,而对古城大理充满的期待更是让你想故地重游的一个最好的理由。

酒

"葡萄美酒夜光杯,欲饮琵琶马上催。"酒,总让人浮想联翩,欲罢不能,好酒,闻香欲醉。

生活中,酒是友谊的象征。三五好友小聚自然少不了酒,或白或红。我的酒量不行,但是遇到对手偶尔也会放纵一下,有过酒后吐真言的经历,也有过酒壮英雄胆的过程,多年来,一直给朋友们的感觉是,我能喝酒。

一次,因苏酒双沟集团的邀请,我参加了以"酒与文学"为主题的对话。

自古以来,酒与文学就是一对剪不断理还乱的痴情恋人。苏酒在全国都有名气,说起苏酒,不得不说到江苏的

"三沟一河"。双沟便是苏酒之一。

坐落在洪泽湖与淮河环抱处的千年古镇——双沟镇,独特的地理环境铸就了悠久的酿酒历史。那次对话,双沟把酒文化与瓷文化这两个古老的中国文明结合到了一起,而且,独具匠心地选择了诗意的青花瓷。青花瓷,是举世闻名的中国瓷器中的极品。古董级的青花瓷,不仅是一件艺术品,更承载着厚重的历史沧桑,蕴含了太多的中国传统文化底蕴。

据《泗虹合志》记载,双沟酒业始创于1732年(清雍正十年),距今已有近300年的历史,久远的历史长河,成就了双沟酒丰富的文化积淀。当地民间流传着许多关于双沟美酒的美丽传说。曲哥酒妹的故事、神曲酒母的传奇,更给本已经神奇的传说,增添了令人浮想联翩的诗意色彩。

人们常说,好马须得配好鞍。青花瓷是收藏家、鉴赏家把玩的上乘经典艺术品。双沟人让上品的美酒与上品的青花瓷器联姻,堪称天造地设、金玉绝配,品位高雅,气度非凡,实为智慧的结晶。

有人说,女人如茶,男人似酒。好男人粗犷豪爽又不失温文尔雅,犹如一杯好酒。典藏经年的好酒,也如一个历经沧桑的男子，平静的外表下，蕴涵着翻云覆雨的能量。即便平时对酒没有特别的感情，朋友小聚时偶尔品尝几口，也足以让你心旷神怡，神清气爽，开心惬意好半天。

  自古以来，酒与文学、艺术有着千丝万缕的联系。古往今来，酒都是人们生活中不可缺少的一部分，它酝酿了人类的成功与幸福。酒场是人生阅历的积累地。在无数的酒场中，人们经历了意料之外的人情世故，看清了世间百态。酒不仅能让人暂时忘却烦恼，还能让人在醉意中反思人生，达到一种心灵的净化。酒的魅力不仅仅在于它的味道，更在于它所能引发的思考和情感。酒的魅力在于它能让人放下世俗的包袱，追求心灵的自由和解放。它见证了人类情感的起伏，也反映出历史的变迁。它跨越时空，连接着古人与今人，成为人类文化中不可或缺的一部分。中国酿酒起源于夏初或夏朝以前的时期，距今已经有四千余年的历史了。夏朝初年，仪狄用桑叶包饭酿成"酒"献给夏禹。《说文解字》记载："古者少康初作箕帚，秫酒，少康，杜康也。"有上天造酒说、猿猴造酒说、仪狄造酒说、杜康造酒说等说法。最古老的酒是游牧时代的醴酪（《礼记·礼运》），这是中国有文字记录的最古老的酒。

在中国，酒的历史比茶还长。20世纪80年代，在河南出土的一壶酒，就是3000多年前的古酒。

中国的名酒很多，中国历史上有关酒的故事更多：晋代诗人陶渊明不能一日无酒；唐代大诗人李白"斗酒诗百篇"，喝得越多，诗写得越好；宋代梁山好汉武松一口气喝了十八碗酒，赤手空拳打死了猛虎……

因为工作需要我偶尔也会小酌两杯。有一次真的喝得有点多，想到酒后伤身又后悔自责。酒醒后，常常自嘲：没有被酒摔打过的人生，还叫什么人生？以此来给自己开脱。

渡　口

在茫茫的水天一色中，渡口，是一个充满诗意的地方。

水是金湖的特色，三面环水的金湖，自然少不了渡口的存在。在金湖工作了几年，渐渐了解并喜欢上渡口。单单在淮河入海水道上就有几处渡口，不过随着金湖日新月异的发展，在金湖历届领导和全县人民的共同努力下，随着金湖大桥、金湖二桥、三桥以及四桥的诞生，渡口也被横跨两岸的桥梁所取代。在一座座大桥通车后，朋友很自豪地说，过去的金湖出行靠船渡，如今，金湖渡口在这块土地上已成为历史，听了这个消息，我却一点儿也高兴不起来。

渡口，总让我浮想联翩，回味无穷。多年前一个夏日的傍晚，我独自去了位于金湖大桥和二桥之间三河滩上的渡口，这里曾经是连接着金湖几个乡镇的渡口，在没有桥的时候这里也曾人来人往，川流不息。现如今，这里显得格外萧条和落寞。渡口不仅是连接着家和外面世界的通道，还承载着浓浓的乡愁。或许，我们都有过渡口守候的时候，那一片静静流淌的水，分隔着你和我，分隔着我们中的许许多多的人，是渡口把我们连接起来，这是渡口存在的意义和理由。

提起渡口，我常常有这样的印象：在一个水流不快的河段，浪花不怎么显现，一艘舷边早已呈现出棕褐色的乌篷船，静静地停泊在山崖下或柳岸边，等待你来登临。驾船人是一位头发斑驳的青衫老者，年轻时的他也许有过浪漫的故事，或者经历过生活的坎坷，现在风烛残年，被乡民邀请来看守渡船，与水为伴，渡船完全是属于公益性质的，老者的生活来源，靠的是十里八乡村民的赞助。老者以船为家，家就是船，船就是家。

在我看来，渡口更是一幅江南水墨画，有着诗一般的氛围，人在此岸，目标在彼岸，或者即将在彼岸，无论是亲情、友情，还是爱情，它们都在这里融聚、飘忽又渐渐化开。渡口，从来就是一个令人无限伤感的地方。许多时候，送客送到渡口，不管多想再送一程，无奈脚下已是流水，似乎也不便继续送下去了。此时，哪怕心中还有千言万语，也只得分手，挥一挥衣袖，别了，保重！倏忽间，一切就变得迷离起来，前面的故事还未完全谢幕，水中的那一片孤帆便摇曳着离岸、起航，它们在水的柔波里渐行渐远……直至消失在你迷茫的视线中。因此，到了渡口就意味着别离，渡口是天然的分手处。

别时容易见时难，回想分手的那一刻，那该是怎样的一种不舍呢？此刻的渡口，已成了送别者的伤口，千万碰不得的。侄女读了我的文字后，脱口而出，渡口也是离别者的期盼呀！是呀，在她这个如诗如画的年龄，也许还无法真正读懂渡口的含义。

十年后，当我再次来到这个渡口，这里已经成为水乡的网红打卡地，成为许多人寻找回忆的地方。沿河一排别致的房子里装修考究，里面不仅有茶和咖啡，还有守候在这里的年轻男女。

在桥梁建造技术越来越发达的今天以及未来，地理上的渡口或许会离我们越来越远，人与人之间的距离却越来越近了，但心灵的渡口呢？

汉赋之师枚乘

公元前130年左右,已近年老的枚乘,坐一辆牛车回到了淮安。从他工作之所西汉梁王的国都睢阳(今河南商丘)回到了阔别30余年的淮阴县(今江苏淮安)。儿子枚皋年幼,尚在睢阳读书,且其三四十岁的妻子也不愿离开家乡到淮阴来生活。

年华老去的枚乘回归故土后能做什么呢?除了难离故土、叶落归根,还有就是对故乡的怀念。数十年前,他还是初长成的青年,随着同乡去了吴国(国主刘濞)的广陵(今扬州)应聘,结果失败。但看到广陵潮的壮观景象后,他留在了那里,继续学习,找机会再推荐自己。

回到淮阴后，梁国故旧中总还有朋友和旧日同事写信来问候。排行老三的枚乘，兄长们都年事已高，在侄子们的照顾下，他开始了归乡退休生活，平日里看看书，养几只鸡，种一些树苗。打理农田他是不会的了，这么多年没从事农业劳动，身子骨也不允许了。他曾经被皇帝外放弘农任都尉，也许他是留恋梁国，不久后上书皇帝说自己不喜欢做公职，还是愿意回到梁国过教书、写作的闲散日子。

皇帝爱惜他，更爱惜嫡亲弟弟刘武，便让枚乘回梁国了。直到三十多岁，浪迹萍踪的枚乘才在主公的安排下，娶了十五六岁的婢女为妻。但他对年少的妻子没什么大兴趣，只是搭伙过日子罢了。但对曾经的好友、今为东翁的刘武的事务，以及教育他的子侄们却很用心，且宽严相济，谆谆教诲。梁王对他很放心，几乎把教育后代的重任都交给了他。

回到淮阴后，乡里以为他做了大官，男女老少纷纷前来看稀奇，更有学子们前来讨教学业，请教写赋。"赋"是当时的主流文体，就像我们今天的散文、小说、诗歌等。由于枚乘早年写的《七发》早已名满天下，且当时的乡学、大学和太学都要求学习和背诵这篇作品，你想啊，能见到作者本人，是何等荣耀和了不得的事。于是，新盖的两间草庐热闹了起来，他也始终没有忘记教书育人的习惯，只要有人来求告，决不叫人家空手绝望而回。加上本族中的子弟也有在学堂读书的，所以大家便劝他开办书院，既能打发老来无趣的生活，又能正大光明地收钱，保障以后的生活，这不是很好吗？谁知，枚乘摇头拒绝了，自己的身体已大不如前，心智也快愚钝得不行了，闲来指点指点可以，要是开馆授学，那就是误人子弟。

这位把广陵潮写成"七发"之"首发"的作者，既然从遥远的他乡回到了淮阴，难道就不想念300里之外的广陵潮吗？

吴国谏"痴"

当然想，他在等，等八月十五，最大潮的时候，他再赶去和老友相见。为什么不早点去？即便不是八月十五，其他月的十五也是有潮水的，就是规模略小。不是，他之所以不去，是不愿再去。那里是留下他十几年青春的地方，怎能不怀念？但吴王刘濞已死，诸侯国也被废除了，一切的人和事都不是当时那个样子了，去了，会徒增伤心。当年自己曾两次上书刘濞劝谏他不要发动战争，但他就是不听，要是再坚决一点就好了，没能救下故主，是他此生永远的心病。

吴王不听他的劝谏，他在吴国也待不下去了，正好想去帝国的都城看看，于是就背上了简单的行囊，朝西北步行去了长安（今西安）。离开广陵，最令他舍不得的就是广陵潮，从此再难得见了。呆立在曲江边上，看着潮头卷曲奔腾，枚乘心潮万千。潮水壮阔，全赖大海之功。这片土地的主人刘濞只不过是刘邦的侄子，能当上吴王，还不是因为其是皇帝的侄子嘛。人啊，就像这潮头，激起的浪花以为是自己的能力所致。殊不知大海一路奔跑而来，有河岸的护持，有江底泥床的托举，甚至还有岸边礁石的冲撞与击打，因此才能绽放出完美的巨浪，才能作为鱼虾蟹贝们欢乐的居所。就连螺蛳和贝壳们都会因为刘濞的莽撞，失去赖以生存的家园和和平状态的保护。国主会因为一时的愤怒，想要平复仇怨，而让小生命们失去居所。吴王的所作所为，不就像这些浪涛吗？因一时之气，让自己处于险境，也连累、殃及他人。

广陵潮啊，我就要走了，多谢你陪伴我这么久，给我这么多启示和解答。人和人要是能像你那样，不分高低贵贱，一直快乐无忧就好了。我要走了，这里不再可以久留了，广陵城的街道上已经有来往的士兵驰骋，原本打铁的铺子只生产农具和马具的，现都已改成生产箭镞，其他杀伤性武器也从烧红的炉火中抽出来，加之以叮叮当当的锤打之声。人民感到害怕，小孩子都不敢出来玩耍，平时卖菜的、杂耍的，布匹店、肉店、风筝店、火蜡店等都被强制执行生产和提供军需的命令。这是干什么啊？这简直是缔造人间炼狱啊！

枚乘悲愤不已，转过头看着高大的广陵城门，门头上的旗帜在浓重的水汽中一言不发，呆呆地像在思考又像在睡觉。自己写的那两篇劝诫文章，不可谓不诚恳，既然主上不听，那只能这样了。记得今天早上晨会时递上去的那篇劝谏的文章，还是昨天夜里一气呵成写出的。不是自己文采好，是对这件事看得太透彻，以及结果也预料得出。可帝王不是普通人，既然有杀子之仇，是个父亲都不能忍。"可大王你是国主，不是普通的父亲。"这是枚乘在大堂上说的话。

刘濞悲愤地说："本王知道你说的这个道理，但家国天下，本王首先要做好父亲，然后才能做好国主。枚先生你说，我连自己儿子的杀身之仇都报不了，未来我的子民该如何评价我？他们该拿什么态度对待我？"

刘濞说着说着就哭了起来，衰白的头发、肿得很高的眼泡，眼睛里都有血丝。这样舐犊情深的父亲，枚乘没法再说"儿子可以再生，叛国罪可是灭绝之罪"这样的话。他深深拜倒，照这身姿是要告别主上了。

刘濞惊讶地走下王座来扶枚乘起来，说："寡人敬重先生，您不要离开，正当战时，很多事情都需要先生亲自处理。"

枚乘也伤感落泪，退后两步，长揖而辞："既然不能说服王上，臣下惟惶恐与羞惭，为免每天见到王上，让王上感到不痛快，臣下不如早离开，再也留不得了。"众同事都挽留，枚乘还是坚辞而去。小步退到大门口，转身离去。被他留在身后的人，即将面临叛臣贼子头断身碎的悲惨结局。

枚乘离开了广陵，历经两个多月，才来到了京都长安，面见了皇帝，之后便在城中安顿下来，找家书院管事打杂。不久，七国之乱爆发，西汉帝国黎民百姓的又一次苦厄开始了。

战争结束后，果不出所料，旧主刘濞和一干同僚都以身殉乱。忽然，有人来书院找他，是皇帝派来的太监和两名侍卫，其他师生很害怕，是不是要把枚乘拉去问责？枚乘不紧不慢地收拾笔墨，站起来跟来人离去。来到大殿上，皇帝刘彻问他当年写的两篇上书还记得吗？枚乘摇头，说不太记得了。皇帝示意太监，太监用托盘把两封当年他亲笔写的建议送给他看。枚乘打开匣子，里面放着帛书，保存完好，看着上面的字字句句，枚乘想起过去在吴国的种种，自己最想念的就是广陵潮，这墨迹，还是蘸它磨出来的呢。

是的，是我写的，要杀要剐全凭陛下做主。

刘彻仰头哈哈大笑：你反对罪臣刘濞起兵作乱，他都没杀你，朕怎么可能会取你性命？

枚乘缓缓跪倒，对汉武帝说，希望能求皇帝饶吴国臣子们一死。有大臣说，你自己刚逃出生天，立刻就替别人求告起来了。那帮罪臣贼子不但要杀，而且要杀他们的三族，这样以后才没人敢作孽！

枚乘力争，说这跟臣子们的那些亲戚子女有什么关系？难道刘濞作的恶要那么多无辜的人来承担吗？

刘彻无语，摆了摆手，说找你来有件事。什么事呢？就是朕的亲弟弟（刘武）刚去他的诸侯国上任，缺少一位称职的相国。枚乘明白了，不就是那位"淮阴王"刘武嘛，说自己愿意前往。枚乘曾在淮阴跟随先生读书的时候,看过淮阴王刘武的画像。刘彻问是不是认识,枚乘说从未见过。

梁国伴"虎"

来到梁国的枚乘日子并不好过,刘武极受生母窦太后的宠爱,又是当今皇帝的亲弟弟,不但封赏优厚,窦太后还亲耳听到刚当上皇帝的刘彻说自己死后要把皇位传给这位同父同母的弟弟。

刘武性暴跋扈,前面已经打跑过好几个相国,他那随身卷藏的软鞭有时候别在腰间,有时候缠在手臂上,软甲铁丝连锁,一鞭下去即便不皮开肉绽,衣服袍子被抽烂是必然。刘武平日里不听任何人的话,区区相国就更不在话下了,对年老的就骂"老匹夫",对年轻的就骂"小匹夫",见来了一位刚蓄起胡须的"中匹夫",就鼻子不是鼻子、眉眼不是眉眼地当狗一样呵斥枚乘:我知道你是我哥派来监视我的,你也不瞪大你的狗眼瞧瞧,连我哥都管不了我,难道你个中匹夫来了就能管得住我?我想干什么就干什么,我坐的江山是我的父皇打下来的,不是他刘彻的口水恩德。再说了,我哥坐的江山还是我父皇的呢!所以,你给我老实点,安心拿你的薪俸,不然我让你从哪儿来回哪儿去!

枚乘起身要走,说这就回乡,不愿伺候。刘武拦住他,对他说,这个"哪"是地底的意思。被惯坏了的权势滔天的男人,在这片土地上说一不二。枚乘难道就没办法了?这个一根筋就像当年劝慰刘濞罢战那样,对刘武循循善诱。直气得刘武经常把上书摔在他脸上,问他这片土地上是你大还是我大。

枚乘说:是皇帝大。

刘武气得直嚷:那你把他叫来呀!

这位倒霉相国,要不是刘武看在他曾经是自己的封地淮阴的子民,早就把他斩杀或赶跑了。枚乘也说,要不是你曾经是我家乡的国主,我早就不留下了。前面几位相国最长的待了一两个季节,最短的10天就走了,难道我还不能走吗?就你前面的作为,相信也没人会说我不对。倒是王上你,你的相国又被你气走了,名誉到底会怎样?跟一个人有矛盾可能是别人的错,跟所有人都有矛盾,那就是你的错。皇帝把我派来这里,我就是要替皇帝辅佐你和管束你的!

刘武才不吃他这一套,挥舞着鞭子又要打过来,幸好被旁人拦住了。这边臣子们还在劝慰枚乘,说王上年轻,请相国宽容他一些。枚乘说,我是从皇上那领的薪俸,就应该替皇上做事,他再这样下去,就是打铁箍箍住我也是留不住的,说完从地席上爬起来就走。碰见杀回来的刘武,对他说,你别忘了,你的薪俸可是从我梁国领取的钱粮!

是的,虽说枚乘任相国的工资是朝廷发的,但过去交通不方便,工资中有相当部分是粮食、干肉、布匹等物品,所以就从诸侯国上缴的帝国财税中领取,刘武说得还是有道理的。

梁国艰难,更令枚乘怀念故乡淮阴和广陵城中那每逢农历八月十五按时到来的潮水、潮声。在外这几年,每到农历八月十五,枚乘就会想念广陵潮,全天下人都去观看胜景,自己却流落在外,再也不能陪伴。回想自己为什么会力劝刘濞忍住不作乱,可能就是不想让广陵城和广陵潮卷入战争。再美的景色,只要战事一起,遭殃的何止人类自己?他没能为故交们做到最好。不知道战后的广陵城和广陵潮如今怎么样了。枚乘时常怀念,城池和潮水的形象反而生动起来,在浪花中翻腾的那些水生小动物欢乐的情景,也展现在自己的眼前。多么生动啊,却难以再回到那个地方。人在故乡,会思慕远方。人在他乡,从此就有了思念。像回家的帆,像归林的鸟。梁国这地方,不是最终的居留之所,好不容易任满一届(数年),枚乘回都城述职后,便不愿再回梁国。于是,皇帝派了个弘农都尉的职位,命他即刻上任。

弘农却"恩"

"都尉"这个职位在西汉时期相当于市一级的中层干部,有主管军事的,有主管农田的,还有兴修水利的,等等。根据历史记载,枚乘曾短暂地任过都尉,但并不知道属于哪一类。要说弘农这个地方,那就是著名的历史"老区"了。东汉杨修家的祖上就是弘农的,著名的大美女贵妃杨玉环也是弘农人。杨广、杨业,等等,都是。由此可以想象这地方门阀、门第和学派、学识的繁茂了。

刘彻把枚乘派到那里做官,算是不高不低的安排,但这可就苦了枚乘了。过去在梁国虽也是辅助和监督,但毕竟事情大多数不用亲力亲为。可在弘农做官做事,就要跟各色人等直接打交道,难免会发生一些繁难。喜欢文艺和教育的枚都尉,实在对本职工作提不起兴趣,经常往当地的书院、学府里钻,看看书、听听课,结交朋友。于是,枚乘想要递交辞呈,离开这里。可离开弘农又能去哪里呢？凭枚乘这样的级别，没法再跟皇帝讨要相应的位置，如果辞职，就只能回家。一时间，枚乘愁烦。

　　正在惆怅之时，枚乘接到一封信，一封那个走之前就相互说好再也不相往来的人让文书代写的信。信来自刘武，大意是刚来的老弱残相被他赶跑了，比来比去，还是觉得枚乘好，问枚乘能不能来。如果不肯来，他就跟皇帝要了他来，要是敬酒不吃吃罚酒，那就别怪他不客气了。

　　这是请我上任吗？枚乘连信都不回。没过三两天，朝廷吏部的文书就到了，解除枚乘的都尉职务，重新委任到梁国去。枚乘无奈，看来只要刘武想要，刘彻是都舍得呀。枚乘实在不想去梁国，趁着年轻回到家乡淮阴，也许倒还能有些事做。于是自己辞去都尉一职，以后只能"自负盈亏"了，但就算没事干也不肯去梁国。

　　梁国国君刘武到底是怎么想的，真的是刘彻舍得给吗？不是。是刘彻担心他那个不省心的嫡亲弟弟再给他生事，毕竟自己确实说过皇位要传给刘武的酒后话。找合适的"铁链子"将他看管起来是上策。枚乘顺着官道乘驿站马车往东赶路，但还是被皇帝派来的人截住：不去梁国，就去死。

设席从"教"

回到梁国,刘武竟然出迎十里,并主动拎起枚乘的包裹,喜笑颜开地说,就怕先生你不回来,朝廷的通知是我要我皇帝哥哥发给你的,在驿站拦截你,也是本王要人干的。

看到刘武,枚乘不悲不喜,提出一个条件,做相国不能长久,这届满期以后,你要放我自由。刘武问枚乘,你到底想干什么?枚乘说自己想设馆教学。刘武仰身欢笑,这好办,以后就教本王的儿子们读书认字。

老子是这样的德行,这"本王"的儿子们当然是更加被骄纵坏了的王公子弟。也难怪,如果谁有生生世世都花不完的钱,还不及早享受人生,那就是脑子出了问题。到了王上第一个儿子的开蒙之年,常年写公文、定规则的枚乘开启了他的教学生涯。十多年过去,相比于学业的艰难,懒惰是公子们读书的大敌。弟子从三两个变成十来个,不服管教是常有的事,甚至还能跟老师顶嘴。做帝王师,是要拎着脑袋的;做王的子孙师,是要备着"气袋"的,枚师差点没被这帮纨绔子弟气死。作业不做、书不背诵、作文不写、算数不灵,整天想的是吃什么、玩什么,怎么才舒服、怎么才痛快。

枚师也不是吃素的,他跑到刘武那告状,于是"皮棍烧肉"的板子就落在王子们的手上、背上。这一下好了,我不读书,你就告我的状,那我装病总该可以吧。每天不是肚子疼就是头疼,要么胃不舒服、指甲盖难受……反正,全身能生的病全部生一遍或生好几遍,各个零件轮着"病"。可一旦有好吃的、好喝的,上哪儿飞鹰走狗打球,那精神头就来了。看来从古至今学生的心眼都差不多,这可难为了枚乘。极度愤懑之中,积累了太多的做老师的心理感受,学生不来上课,枚乘就写成劝学文,题目当时并没有,后人给总结了个《七发》。

本以为这篇文章能感动学子,没想到王子们看完后,一骨碌从病床上爬了起来,吵着闹着要去广陵看潮,并且吩咐家丁准备行装、车马,日思夜寐,心神不安。枚乘就在课堂上给学生们讲广陵潮的盛况,讲到神来之处,记下来再修改。说现在才五月,要到八月才有广陵大潮,你们要是能好好学习,为师一定会带你们去看潮。不光你们想,我也想去看一看啊。

后来,枚乘究竟有没有带他的学生们去看广陵潮?不知道。但他的《七发》却在文化圈和教育圈流行开来。文章写得长，总共两千多字，在以帛书和竹简为书写载体的时代，一篇文章能写这么长，除非是不想流传。是的，枚乘本来就没想过要流传下去，它就像一封书信，是私人性很强的倾诉。

不知过了多少年，这篇赋作在梁国境内传开，接着就传遍了西汉全国，士子文人们拿它当教学的范本、欣赏的佳篇。又不知道什么时候，枚乘的《七发》被列入考举的必读篇，这样一来，不但这篇文章火了，广陵潮也火了。全天下的读书人都从书中知道了广陵潮的盛况，为枚乘文中所写的惊心动魄的景象神魂颠倒。谁都想亲眼看一看广陵大潮，亲身感受一下气势如虹的胜景。

现在枚乘和广陵潮都不在了，他为老友用文字形式留下的"传记"，让已经消失在虚空宇宙里的广陵潮的身影流传了下来。看过广陵潮的人无数，能为它写下些什么的凤毛麟角。能写成这样受欢迎的开山之作，更是凤毛麟角中的凤毛麟角。

教学生涯结束了，枚乘也老了，是该回到故土了。

他乡魂"归"

回到故乡的枚乘，依靠着兄弟侄儿们生活，在外这么多年，除了百十来卷竹简，几乎无一长物，这令家人有点失望。加上妻子和儿子暂时都未回乡，枚乘又增加了思念，常写信问儿子枚皋的学业怎么样，告诫妻子不要耽误对他的教育。

史书上记载的枚乘这唯一的儿子枚皋，不但学业不怎么有大成，说话时还嬉皮笑脸，跟人聊天戏谑不羁，也还有些捷才，类似东方朔那样的人，这恐怕跟当时的社会风气，加上失去父亲的管教有关吧。后来人们找到些他的作品，但被鉴定为伪作。一代盛，未必代代盛。做教师的未必能教育好自己的子孙。

等到了七八月，原本可以动身去广陵看大潮了，不巧的是，枚乘病倒了，又等了一年，他的身体越来越差，再说相距三四百里，根本走不动了。原本的回到家乡一定要去看看广陵城和广陵潮的愿望，就这样一搁下就是千年万年以后。沧海桑田，由于海岸线后退，广陵潮消失在唐朝中后期，也就是公元760年左右。等大诗人李白和杜甫专门去广陵寻找潮水时，已经只剩下潮水来过时在墙上和桥墩上留下的水痕。

年华老去的枚乘，对故乡的淮河和黄河古道青睐有加，常挂着拐杖去河边走走。淮阴地区河湖众多，鱼虾俱美。那时候并没有洪泽湖，淮河的水也不像今天这样安静，黄河隔个几十年上百年就会从淮阴入海。

一心想安葬在家乡的枚乘，到底还是在路上去世了。起因是刘彻征召天下贤老，淮阴地区名单上的就是枚乘。虽已年老，这是皇帝的召唤，是荣誉，也是职责。地方官员用安车蒲轮（用蒲草紧裹木质车轮减震）载他上路。可惜一路上病重，就快到长安时，这位世所罕有的赋才大家枚乘与世长辞。

在淮安，有枚乘故里等景区，文学史上一篇盖全篇的例子不多，一是枚乘的《七发》成为汉大赋开篇之作；另一个就是张若虚的《春江花月夜》，孤篇盖全唐。恰好这两位都是江淮地区的人。相同的是，他俩都在外地做过官、谋过职，都是在外地任上写的家乡的景色。当然，枚乘写的是广陵潮，张若虚写的也是夹江圣境。这夹江，就是广陵潮水从遥远的东海奔赴广陵的路径（河床）。前后相差七八百年的两位才子，在各自的工作和才华上未必是上乘，为什么能写出如此"孤盖"的作品来呢？

原因都是来自长久的耳濡目染和身心俱进的观察及感受。潮水和明月，前后相伴数千万年，枚乘和张若虚虽生活在不同的时代，《七发》和《春江花月夜》却同样流传千古。大自然的伟大与亘古，是多么值得人们赞叹和仰戴！

　　人的生命很短暂，能在有限的时光里创造和创作出永恒，也是另一种形式的万古长青。广陵潮已消失1300多年了，而写它的文章却流传了2200多年，并且还会继续流传下去……

紫微郎

康熙皇帝将三藩、三河、漕运写成对联，挂在每天上朝的乾清宫大立柱上。这是他的三件大事，更是头等大事。其中"三河"就是黄河、淮河、运河，而淮安恰巧就在这三河交界之地。

古黄河从我家门前流过。如今这里已经是两岸扶柳照花、佳木成排，人工步道沿河岸旖旎，谁还能想起公元1659到1677年间，黄河夺淮入海，导致淮河、运河连连决口，入海口被淤塞，运河的航道断绝，漕运受到巨大影响，一度引起京都粮荒，军队和百姓受害。更糟糕的是，连续八年的水灾殃及八地：淮阴、宝应、高邮、兴化，向南一直到达扬州和三泰地区（泰兴、泰州、泰县），带给苏北地区人民严重的水患灾害，平民死伤无数，即便殷实巨户也未能在这次灾难中幸免。大批良田被泡在汪洋泽国中，百姓流离失所，饿殍遍地的惨状处处上演。

急报传至朝廷，满朝震动，康熙着大臣赶赴苏北赈灾。水灾退去又来了新水患，年年复年年，苏北平原的水祸令官员和百姓欲哭无泪。朝廷若不下大决心，光指望地方，水患的问题只会越来越难治理。

江淮地区的官员纷纷上书，请求减免赋税，并希望能彻底减灾减患。治理黄河成了当朝要务，为方便就近办公，当时的淮阴府设立河督府，也就是办事总机构。南边的扬州、高邮，西北边的河南、安徽等地的河督官员都要到清晏园来汇报工作、参加会议。危急之中，康熙皇帝启用了一批能臣廉吏，成立了专门的河督总办主持治理三河的工作。河督级别很高，直接向皇帝本人汇报工作。于是，靳辅、于成龙等在治河任上做出了卓越贡献。具体方法是在洪泽湖加高堤坝，给泛滥的夺道黄河设立水坝，拦住上游倾泻而下的水量。这就是至今仍在发挥作用，拯救了无数百姓和数十万亩良田的高家堰。

由于工程量太大，参与指挥和建设的官员日益增多，他们总得有个去处。于是，这座江苏省境内保存最完好的、规模最大的中国现代衙署园林——清晏园，在康熙十七年（1678年）开工修建，史载"凿池种树、开工修建"。以后的一二百年间，由于河流治理及漕运的重要性，节制河督府的至少是当朝正二品、从二品大员，部门负责人又是重权在握，自然舍得花钱修建。经过几代、十几代河督的接力式修造，先后增添了亭台楼阁、画廊水榭，又移栽竹林、紫薇等读书人喜爱的植物品种，再有名官、大吏们自己撰写的牌匾和楹联，使得这座园子愈发典雅、秀丽，充满生机。

淮香馆、蕉吟馆、来雨轩、蔷薇园等是园中重要组成部分。但凡稍微懂得一点的人们都知道这些园子的各部分是用来做什么的。另外，颇有名气的还有关帝庙、叶园、荷芳书院。清晏园的诞生跟一个人有关，那就是时任河督靳辅。清晏园建在淮安，出入此园的皆是达官贵人，读书人中的上上等。由这样的"紫微星""紫微郎"们带到淮安来的向上的朝气、文章气、文化气以及读书的传统，还有与河督配套的工匠、劳力、船运和物资的调运与聚集，给淮安带来了非常大的好处。这座园子就像一颗自天而降的星辰，在很短的时间内，就照亮了这座饱受水患之苦民不聊生的灾难之城。

有了清晏园的淮阴（时名）从此成了三河治理调度和政策制定中心，它上达朝廷，下达黎民百姓，既能体现皇帝对老百姓的民生关切，又能体现百官们的睿智与尽职。

1949年后，绵延二百几十年的清晏园被改成实名公园，曾用城南公园、淮园、留园等名称，直到1991年才又改回清晏园。是啊，时代变迁，国家、人民和方方面面都迎接着新的变化，包括园子。中华人民共和国成立以前，清晏园几经兴废，后来被淮安人民政府数次修建、恢复，才有了今天这样的规模。可喜的是，人们帮它找回了原来的名字，专属它的名字、青春、岁月和历史，它正乘着时代的月色与朝阳，矗立在淮安这片大地上！

稍微有时间，我就喜欢去清晏园走走，怀古、凭吊、瞻仰、怡情都可。园中水榭、修竹都在，不过要数最爱，还是夏日紫薇花盛开时节，我的心和情几乎都"掉"在了清晏园里。仿佛某生某世曾经来过这里。或许是忙碌的办事员，或者是认得其中某个人，也或者是他们的家属、亲朋。

紫薇花盛开，园中的一切好像对紫薇格外适宜，或者是紫薇喜欢园中的文气与书卷味，一株一株地，开得格外好。嫣红的、姹紫的、绯粉的，或于青砖门旁独立，或于九曲桥畔成伴。藕花塘边，沁润的荷花与荷叶衬托着紫薇，像两位生死相伴的老友，一位廉洁、一位清正。园中莲花之于官员的意义，不用多解释。而紫薇跟这座园子的相配，可以说符合历史，也符合中国儒家精神。从唐代白居易开始，在诗中描绘和紫薇相对的情景就有"紫薇花对紫微郎"一句。另一位大诗人杜牧竟将自己跟紫薇花相比，人称"杜紫薇"。

他们俩都是读书人，都喜欢以紫薇自比，或跟紫薇相依相伴。紫薇独立开放，不与百花争春，独自面对即将到来的酷暑，意为刚正守节、不同流合污。人和万物的关系，有时候人是万物的保护者，有时候万物是人的老师。万物的守时守节、自强不息、不畏严寒、不怕困难、默默地生长、无私地奉献自己，都是人类可以学习的。

紫薇不香，不招蜂引蝶，就像读书做官的人，懂得保持清正廉洁、刚正不阿的气节。一株柔弱的花尚且如此，人，就更不用多言。在清晏园办公的河督工作班底里的大小官员、办事员们，大概是知道其中道理的。

每每踏进清晏园的门口，就好像看到了大大小小的官吏来往匆忙的背影，以及整个官署中忙碌有序的景象。在这座园中有两位非常著名的清代治河名臣办过公,一位是前面提到的靳辅,另一位就是他的幕僚、全大清著名的治河奇才陈潢。这位河督大人的"私办"在治河方面究竟有多有才?南巡的康熙皇帝中途在此驻营时忍不住问靳辅:你的能力我是知道的,你是个读书人,哪儿来的这么大的治河能力,是不是有人暗中帮你?

靳辅吓得赶紧据实禀告,说:回皇上的话,是的,确实有个人一直在帮助我,他是在下的幕宾。但此人没有功名,所以不敢让他名声在外,可他切切实实是个治理河道的专家。

康熙很高兴,说这怎么能行,能为我大清排忧解难的人,怎么连功名都不给,名字也不为外人知道?快,传他速来见朕!当了数年的幕后英雄终于得见圣颜,陈潢被康熙皇帝赐佥事道衔、参赞河务。陈潢虽然已经成为朝廷臣子了,但做事仍旧低调、务实,他秉承"鉴于古而不泥于古",在治河过程中,有时借鉴前辈的做法,有时运用今天的新方法。

靳、陈二位合作治河的佳话,从此进入新的阶段,是相互成全,也是相互牵累,甚至后者因为治河方略得罪了里下河士人,被以扰乱地方百姓、借机敛财等罪名下狱，冤死狱中。而靳辅也被关押了9年，出狱仅10个月就撒手人寰。

陈潢和靳辅都是浙江人，且靳辅对河工还是很了解的，不过没有陈潢这么大的造诣。两人原本并不认识。生于1637年的陈潢是浙江嘉兴人，由于生来不喜欢八股文章，考试时总归是吃亏的，干脆就不考了。但他在学习的过程中迷上了农田水利书籍，且特别喜欢明末治河名臣潘季驯的治河著述。为了加深理解，他自己花费盘缠从浙江北上西进到宁夏、黄河河套等地实地勘探、考察，验证书中说的是不是这样的。陈潢徒步黄河两岸，一边走，一边记录，硬是用脚步和毛笔摸清楚了这条民族的母亲河与灾难河的全貌，可以说整个黄河哪里拐弯、哪里有危险、哪里有阻碍，他都一清二楚。

陈潢和靳辅相识于进京驰道上的驿站邯郸，起因是靳辅领命南下，组建治河班底，随行人员二三十人宿于官家驿馆邯郸站，靳辅在此看到了一首题在吕祖庵的墙壁上的诗。从诗的质量来看，此人才情和气度以及学识都非常了得，甚至有仙道之气象。

"四十年中公与侯，虽然是梦也风流。我今落魄邯郸道，要替先生借枕头。"陈潢这首诗已经把写诗的人自己说得很明白,但还能把穷苦写得这么幽默,想必不是常人。靳辅随即着人找了陈潢来相谈,一问才知陈潢是浙江人,问他,你既然是浙江人,知不知道你们同乡(浙江吴兴县)明代治河名臣潘季驯的《河防一览》《两河管见》两本著述?这一谈不要紧,算是打开了两人的"相见密码"。陈潢说,我何止知道,实在是将这两本书吃到肚子里了。我在家乡读书时,就是因为看到他的这两本著作,从那以后痴迷上了河工治理,大人您看,我的身家全部投在考察黄河上了,我前后七八年一共走了上万里……

我的老天爷呀,真是天助我也!!!靳辅激动得一下子站了起来,跟着陈潢到他借宿的民间小店,看到了沾染着黄河风沙气息的考察笔记,详细的画图,精确的计量(步数),以及颇有建树的见解和治理方法,并对潘季驯书中提到的"束水攻沙法"大加赞赏。

靳辅激动地抱住一大摞笔记对陈潢说,走,跟我走,去官驿住。陈潢知道,这是靳辅要启用他了。当即,靳辅就聘请陈潢为幕宾(私人助理),薪资由靳辅自己发放,或者从公款中以名目支取。

从此以后,两人生死相随。踏勘河道、建设清晏园、抚恤灾民、赈灾、设计工程图纸、安排民工挑挖、备粮草，都有陈潢忙碌的身影。他们相互成全，相互依靠。几乎所有跟治河有关的事情，靳辅都虚心请教陈潢，但凡陈潢有治河的见解和方法，靳辅无不照办。

那段岁月，两位治河界梁柱的工作是繁忙的、辛苦的，相处是愉快的，效果也是立竿见影的。肆虐了8年的三河被疏浚、治理，运河恢复通航，淮河和黄河各自归入自己的河道。虽然暂时有了短暂的平静，但问题还是不断涌现，为什么黄河夺淮入海的问题依然没有解决？这把大茶壶悬在里下河七县的头上，只要上游水患一起，下游仍旧会跟着遭殃。黄河入海口到底选在哪里？这成了治河第二阶段亟待解决的重大问题。也因为这个问题，简单的治河演变成了党争、廷争、民争，甚至是民变。这，又是为什么呢？

以上的话是懊恼的康熙皇帝的原意，靳辅在陈潢的建议下，将黄河入海口选在高邮北，向东到兴化、宝应，以及今盐城一段沿海地带，具体方法是，在两边筑堤，将百姓迁出，另外寻找土地安置。农民补偿问题是这样的，先用钱买断农民的宅基地和农田以及祖坟用地，再让他们用钱到别的县买地盖房子。问题来了，由于财政不足等问题，只能补偿占地价值，地上的一切不管。这样一来，这四处的老百姓不但要失去家园和土地，还要失去祖坟。过去都是土葬，迁坟到外地重新安葬是不合适的，加上百姓无钱盖房，你让本就赤贫的穷人住在露天里吗？再有，里下河北段有十来万户，每家都有祖坟数座，也就是要被黄河淹没掉几十万个坟墓（原史载），这是老百姓万万不能接受的，你让他们祖宗的骨骸冲到大海里去了：有罪的不光是子孙，还有你们这帮居心叵测的治河群臣！

清朝严令禁止京官之间相互攀结，但事关重大，在京的士人们积极联合起来，其中宝应士子乔莱，以及江南道御史郭琇等秉笔上书，士子们提出的一个理由引起了京官们的同情，说靳辅和陈潢都不是这个地方的人，反正淹没的不是他们的祖坟和农田，他们不会心疼。他们一次一次地上书，但皇帝绝不心动，至少要保证河道治理工作顺利进行。一天不解决黄河入海口的问题，里下河七县一天都不得安宁。在这当口，也出了件大事，就是那条长约三四十里的始建于东汉的大堤（就是由于它的建立，淮河被拦截成洪泽湖），在一次次被黄河水冲垮，一次次重新修建后，再一次倒塌了！这条民生堤的大名一度成为康熙年间的热词，当时有句话：高家堰一倒，两百万（两白银）不保。

朝廷治水花了大量钱财，导致财政枯竭，康熙南巡，数次向扬州盐商借钱，其中一大部分就是用来治河、赈灾的。同时，治水也苦了百姓，出工出力，甚至出命。本以为苦个几年，全家老小能重新耕种，安居乐业，谁知道刚从水泥汤子里掏出来的农田、做好的围堰，又要成为黄河奔向大海的理想地，这谁能忍？

地方官员得到消息，赶紧进京找人说情，希望能影响皇帝的决策。士子们没有谁敢得罪父母官，再说了他们也是实际为自己做事，纷纷要求保民、保田、保祖先，若不如此，恐生民变。最后一次上书，甚至有十几人在金銮殿上下跪痛哭。这句话，打在了康熙皇帝的"七寸"上，也是陈潢被逮捕押解回京的真正原因。就在两派咬得死死的，谁也不肯先松口的情况下，倒了霉的"漏钱斗"高家堰在黄河大水的浸泡下又一次倒塌，白水汤汤直奔地势低洼的里下河广大地区。不解决入海口问题，就围堰筑堤，这是什么方略？这是在扎口袋，爆炸（决堤）是迟早的事！这能充分说明，靳辅和陈潢的治河之策是有问题的，甚至是失——败——的！

康熙皇帝是500年来少有的圣君和明君，自然不会迁怒于治河大功臣，可送这两位进牢房的催命符更近了一步的,是原本定下的出海口范围内的百姓,由于生活没有着落,没有钱开展生产,也没有粮食果腹,河工停了下来,原本还能勉强糊口的活计也没了,这是把百姓逼上了死路。而且当地官员贪墨的征地款,到了百姓手中所剩无几。豪绅们的日子也不好过,组织人手发动同宗同族们闹事。于是,老百姓被大规模地组织起来,跟朝廷要说法。

这一情况加急呈奏到朝廷,康熙震怒,终于下定决心惩办有功之臣。靳辅被停职审查,成了主要责任人的陈潢当场被革职法办。两人先后被押往京城受审,在京都等着他们的是大理寺卿们和成套入住牢房的手续与施法工具。

陈潢的罪名是"攘夺民田,妄称屯垦""解京监候"。他当年是怎么离开淮安的?被关押在囚车里,还是被铁链拽着一步一步踉跄而去?这位治河名臣,是从哪里离开的?是在清晏园办公的时候,还是在工地监工的时候?对此,说法不一。一说陈潢愤懑,到了京都,还没下狱就已经被气死。一说入狱后拒不认错,也决不承认贪污公款,忧愤而死。

9年后,靳辅在狱中翻看陈潢留下的黄河踏勘笔记,想明白了怎么解决黄河入海口的问题,要把三河治理的范围扩大，尤其是黄河的上下游需要同时治理，让黄河重新回到原先的河道中去。剩下就是淮河跟大运河从运河向南，经宝应、高邮，到江都芒稻闸，再向南入长江，向东入海。

水患终于解除，可是曾经的功臣、能臣、廉臣的性命再也回不来了。靳辅为陈潢平反，陈潢的家人得到了安置。陈潢的同乡张蔼生受靳辅之命，将他生前留下的治河笔记与工作记录、主张和论述等整理出来，出版成《河防述要》一书流传于世，成为后世非常重要的治河参考。

清晏园留下的恩恩怨怨，随着时代都成了流水，云烟般散去。一个时代的大背景下，个人的命运实在是小之又小。个人的遭遇却成了无可挽回的巨大灾难。热爱黄河、挚爱黄河，希望能给两岸及下游百姓带来安康的陈潢，最终被黄河（入海口问题）所误，是命，还是运？他成了我国历史上给黄河献祭的又一人，但深感不值。可为了黎民百姓牺牲自己，又感觉这是值得的。

淮安的清晏园内，如今梅花正盛放。它和他们的品格，已经足以照见千秋以后。希望后来者们能记得他们曾经的付出与努力、流血与流泪。多少回梦圆月缺，多少回西风凋树，多少回遗憾和叹息，都不能再回来了。有了清晏园的辉煌过去，淮安这座城市增加了书香气，文脉和吏脉仍旧赓续下去。

记得好闺密晓晴几年前就曾跟我说，她看见清晏园，就感觉十分熟悉，好像前世曾来过这里。又说清晏园非常了不得，因了清晏园的当家人必须是正二品以上，至少也是从二品，那就是宰相的级别，淮安和淮安的后人们，得了清晏园的脉息传承，应是一座"相（丞相）城"。

"相城"淮安，正在乘着百年复兴之梦大踏步前进，各行各业都在奔跑向前。黄河从山东入海，留下了黄河故道，和我天天见面。里下河七县跟淮安境内的水患再也没有了。肆虐了数千年的淮河，与繁忙了一千五六百年的大运河，在中华人民共和国的治理下，终于成了两条碧玉似的幸福河。它们在淮安交汇、相见，并携手向前。希望大运河的水到达最南端的钱塘、宁波时，能遥远地向陈潢和他的故乡致以问候，说我们都还记得他们曾经的付出，今天的三河安澜已如他们当年所愿！

如果梦能隔世、隔空传递，希望陈潢和靳辅等治河名吏们，在梦里能再来清晏园，或小住，或吟诗，或读书，或怀思。

此心安处是吾乡

长期以来，人类都在逐水而居、栖水而安。淮安，当然也不例外。俗话说一方水土养一方人，不同的水土养育着不同的人。在一次文学采风中，大家在说到全国不同地方的人的性格时，作为生活在这片土地上的淮安人，我对此有了自己的思考和总结。如果说，江南的诗意蕴含着她的富庶繁华、温柔与多情，那么，水乡淮安就要用刚柔并济来彰显她的个性与魅力了。

淮安的刚与柔，温润在她的水乡里。淮安总面积1.01万平方千米，总人口540万。境内河湖交错、水网密布，近三分之一为水域面积，被誉为"漂浮在水上的土地"。提起淮安的水,除了连绵的大运河,不得不说的,就要数洪泽湖了。洪泽湖是我国著名的五大淡水湖之一,它像一只展翅欲飞的天鹅,凝视着万里长空。它地处淮河下游、苏北平原中部,西纳淮河巨浪,东泄长江、黄海。淮安人的性格正如这洪泽湖的水一般,有刚有柔,刚柔相济。特殊的地理位置孕育出了淮安人南北兼容的文化品格,既有北方的大气开阔,又有南方的灵秀温润,加之平原水乡的滋养,成就了家乡淮安特有的个性魅力。

淮安的刚与柔,蕴含在她的文脉里。淮安人杰地灵,自古繁华,文脉昌盛。水也是灵动的,水,造就了许多脍炙人口的文学名篇,成就了许多各领风骚的文人墨客。如果用文学的语言来叙述家乡淮安,她应是一部史,一部让你久读不厌的文学史。翻开中国文学史,四大名著都和淮安有关。说起家乡淮安,不能不说"追梦朝圣"的西游文化。淮安是一代文学大师吴承恩的出生地和经典文学作品《西游记》的创作地,是一个孕育神话的地方。位于淮安运河边的吴承恩故居游客总是络绎不绝,许多文学爱好者不远千里慕名而来。人们不仅喜欢他的作品,更崇拜这位文学巨匠的才华以及他过目不忘的记忆力、天马行空的想象力。传说明朝嘉靖年间,山阳县小吏吴悦携子前往花果山云台寺，与故交普因和尚交谈，期盼儿子吴承恩能够读书做官、荣宗耀祖。然而，吴承恩不屑于此，此刻他却喜欢上了花果山水帘洞里那些活蹦乱跳的猴子，置身其中，他渴望自己也能像猴子们一样自由自在、天马行空、无所不能。丰富奇绝的神话、幻想、游侠与大胆有趣的艺术表现样式，极大地扩展了天上人间的非凡想象，从而诞生了人们喜闻乐见的鸿篇巨制《西游记》。在淮安的大香渠巷六号，有一个不起眼的小院，据历史考证，《水浒传》和《三国演义》就是在这里完成初稿的。当你置身在淮安，便觉得是置身在中国的文化宝藏之中，你会被她深厚的人文及深深的历史底蕴给吸引住。

淮安还是"汉赋"大家枚乘先生的故乡。枚乘，是一个颇具传奇色彩的人物。他以一个游谈之士的闲散风格进行赋体文的写作，最终成为一代文学大家。他的赋作中，充分显现了"腴辞云构，夸丽风骇"的散体汉赋的特点，使之成为"铺采摛文，体物写志"的全新文学体裁，使赋体文的写作脱离了楚辞余绪，达到了与诗同画、与画同境的高峰，凸显了汉赋的成熟魅力。如今的枚乘书院坐落在淮阴区马头镇，和三闸遗址相邻，临湖而建，可谓占尽风水地利。门前广场立一巨石，为毛泽东手书《七发》诗碑。书院为园林式建筑,大门上书"枚乘故里"四字,整个书院分上下两个院落。正堂门额上书"仁者寿"三个字,门前两侧檐柱悬挂一副楹联:"淮阴名士,汉赋先驱,七发雄篇开一体;用舍由人,行藏在我,两书直谏感千秋。"短短三十个字,将枚乘的文学人生尽付笔端。

淮安还有被称为甲骨文第一人的刘鹗。他兴趣广泛,堪称全才。看他留世的诸多著作,就能知道其在史地、河工、算学、医药、音乐、金石、农商等各方面均有建树。他曾涉猎多种营生,开过烟草店,挂牌行过医,参与过治理黄河及矿产开发。然而今天我们还能记起他,却是因为他的《老残游记》,那也是他写的唯一一部小说。如今淮安区还存有刘鹗故居,在勺湖东南高公桥西街上,在金刚社巷和地藏寺巷之间。我对刘鹗的认知,原本只来自中学课本,《明湖居听书》里关于白妞、黑妞的描写,至今难忘。

淮安的刚与柔,流淌在连绵的大运河里。淮安是中国运河之都,京杭大运河自隋唐开通之后即成为运输主动脉、经济大通道。淮安位于大运河中段,是纯粹因运河而生、由运河而兴的城市。从隋唐到明清,这里一直是南北漕运的枢纽,明清时期漕运总督、河道总督都驻节在淮安,使之成为漕运指挥中心、漕船制造中心、漕粮储备中心、河道治理中心和淮北食盐集散中心,商贾云集,盛极一方,在政治、经济、文化、军事上都居于十分重要的地位。已经成为淮安一景的南船北马、舍舟登陆处的御码头如一颗璀璨的明珠镶嵌在运河的重要位置,她承启岁月上下无声音容,她阅尽时光隧道里的风云变幻,她把历史和现代拥抱在一起,贯通灿烂文化的古今。在这个快速发展的时代,虽然已经不用舍舟登陆,这里,仍然是外来游客和文人墨客来访最多的地方。

淮安的刚与柔,隐藏在她悠久的历史里。淮安,是国家历史文化名城。秦时置县,至今已有2200多年历史。淮安人文荟萃,名人辈出,是一代伟人周恩来的故乡。淮安也是革命老区,苏皖边区政府、新四军军部曾在此设立,刘少奇、陈毅、粟裕、谭震林、彭雪枫、李一氓、张爱萍等老一辈革命家都曾在淮安留下过光辉的足迹。著名作家吴强是淮安涟水人,他创作的革命历史题材小说《红日》,是正面描写解放战争的鸿篇巨制,小说以宏大的结构、高昂的气势再现了华东解放战场波澜壮阔的历史场景。小说展现的革命激情、拼搏精神、昂扬斗志,至今仍鼓舞着家乡人民奋进在美好生活的建设道路上。

淮安的刚与柔，展现在她蓬勃向上的发展现实里。中华人民共和国成立以来，淮安与全国其他城市一样，面对前进道路上的种种困难，依靠人民群众"七十二变"的智慧力量，创造了"站起来、富起来、强起来"的神话般现实。目前，淮安正借助《西游记》蕴藏的丰富娱乐元素，以"唐僧师徒取经"为线索，以"历经九九八十一难"为题材，结合现代游乐设施，打造集娱乐性、体验性、科技性于一体的国际一流《西游记》文化体验主题公园。

淮安的刚与柔，还体现在她的包容和美丽里。淮安是美食的故乡，开国第一菜——淮扬菜就诞生在这里。但是，在淮安，鲁菜、川菜、粤菜、小吃应有尽有。淮安的包容精神，正如她对祖国不同菜系的兼容并蓄一样。"崛起江淮，包容天下"的新时期淮安精神是最好的诠释。

感谢采风，让我再一次亲近了美丽的家乡。本次运河主题采风，既是采风也是陪同。初夏时节的淮安，白马湖国家湿地公园清新的空气扑面而来，鲜艳的花朵竞相绽放。极目远处，层林叠翠，鹭鸟翩飞；道旁近处，清流蜿蜒，水草静寂。信步于湖边人行步道上，绿树成荫，鸟语花香，好不惬意。金湖水上森林公园，和风宜人，绿意盎然：小桥流水互映，水杉系列的树就有50万棵，而且棵棵都有"户口"。水杉被称为活化石,对生长环境要求很高。园内树木气势雄伟,空气清新,实乃天然氧吧,被称为树的王国,被人们称为"离城市最近的诗和远方"。

  遇一人白首,择一城终老。淮安是我的家乡,是540万淮安人的家乡,我们生于斯、长于斯。每一次出行归来,当车驶近淮安,我总会有一种无法言说的亲近和安全,或许这就是我与生我养我的这片土地与生俱来的心灵感应:此心安处是吾乡。洪泽湖、白马湖、古淮河、大运河,温柔水乡孕育着水乡大地,这得天独厚的自然馈赠,更是千百年来淮安人民勤劳耕耘的成果。水早已融入淮安人的血液之中,正如大运河的水流一般,滔滔向前。

后 记

朱月娥

光阴如电,回想曾经的岁月里留下的感动、感慨和感谢,使我感恩今天和以往的每一天,感恩给予我帮助和提携的师长、亲友,是你们的陪伴让我远离无助和孤单,是你们的出现给了我热情和欢乐。时光弹指,风雨四季,有过的珍藏和难忘的抒发,都已印刻在了这本书里。

每到一处,我带着虔敬,结交新友、游览新景。在和人们相聚于星光时空的同时,我也会问自己,是否有提升,是否有思考和历练?写作的人,表面看似平静,心底里却一忽儿刮风,一忽儿下雨,一忽儿晴光朗照。因为我们的心田,是湿润的,是敏感的,是细微到纤毫翕动也会电闪雷鸣。而过了"为赋新词强说愁"的年纪,反而更多的是平静,从内到外的平静,对待世事人生的欢喜,经过得失凉热的从容,随着年龄的与日俱增,始终不改的,是我对世间万事万物的大爱和敬畏,甚至是慈悲、包容。

回首往日,我在工作中成长,也在写作中沉淀。从过去的报纸方块文,需要高度凝练和简约,到近几年的刊物文章,写得长了些,也像模像样了些,但对真情的表达和对亲人的怀念与爱惜,是我从心底里凝出的真挚情感。无论是在《竹》中对父亲永远的怀念,还是写给"党员妈妈"结对中得来的女儿的信,都是用泪水洗印出来的,无论什么时候回过头再看,都泪湿双目。

亲情、爱情、友情和对世间万物的情,是每个人曾经经历和正在经历的情感。是亲人让我明白了责任,让我在不知不觉中承担起应承担的部分。就像一根细小的伞柄,哪怕生活的风雨再大再强,也要努力撑开。在生活的琐碎中,不经意间,日月和星斗带不走的,是我坚定的信念和逐渐成熟的笑颜。

书中写下的,是我或深或浅的心事,或乐或痛的经历,或暗或明的憧憬。可能是阅历的增加,或者是年龄的增长，让我对淮安的历史纵深和历史人物多了点关注。那些为国家和人民做出过卓越贡献的人，那些为民族和地区事业奉献着青春和热血的人，逐渐像夜空中的恒星，越来越亮，越来越能照出我的不足和渺小。

　　淮安，是我的衣胞之地，是我"生于斯、长于斯、歌哭于斯"的亲爱故乡。这里承载着我生命的开始，我的理想，人生的希冀和每个相濡以沫的日子。